신성한 잉여

푸른사상 평론선
22

The Sacred Traces

신성한 잉여

장성규

책머리에

평론가로 활동하기 시작했을 때, 나는 주로 비평가의 자의식에 대해 고민하고 있었다. 텍스트를 해석하고 이로부터 문학의 좌표를 그리려는 욕망이 다른 것들을 압도하고 있었다. 다소 성글더라도 비평가의 목소리가 뚜렷이 새겨진 글을 욕망했고, 비록 건조할지라도 텍스트들을 의미화할 수 있는 미학적인 틀이 제시된 글을 쓰고자 했다.

지금도 이런 생각 자체에는 큰 변화가 없다. 나는 여전히 텍스트를 섬세하게 읽어내는 행위만큼이나 텍스트의 위치를 명명하려는 비평이 필요하다고 생각하며, 텍스트와 교감하는 독법만큼이나 그 좌표를 그리려는 비평이 의미를 지닌다고 생각한다. 하지만 변한 것이 있다면, 이러한 비평을 가능하게 하는 것은 비평가의 자의식이 아니라는 생각이다. 오히려 이를 추동하는 것은 텍스트의 물질성이 아닐까, 라는 조심스러운 마음이 이번 평론집에는 스며들어 있다.

그래서 평론집 제목을 "신성한 잉여"라고 했다. 널리 알려진 것처럼, 이 말은 임화의 평론 〈의도와 작품의 낙차와 비평〉에 등장하는 것이다.

카프의 해소와 중일전쟁의 발발을 거치며, 임화는 기존의 리얼리즘이 지닌 한계를 성찰하는 작업을 수행한다. 이 과정에서 그는 세계관의 층위로 환원될 수 없는 텍스트의 물질성을 어렴풋하게나마 인식한 듯하다. 그는 비평의 몫을 선험적인 테제의 제시가 아니나 텍스트에 새겨진 '잉여'를 읽어내는 것은 아닐까라고 질문한다. 그리고 그 잉여는 작가의 의도를 넘어서서 발생하는 것이기에 '신성'의 이름에 값하는 것은 아닐까라고 다시 묻는다.

행복하게도, 몇 년 간 풍성한 텍스트들과 마주치며 종종 경이로움을 느낄 수 있었다. 그런데 그 경이는 대부분 텍스트의 표면에 진술된 문장이 아니라, 텍스트에 잉여로 새겨진 것들로부터 발신되곤 했다. 언어가 지니는 물질성과 그로 인해 생성되는 이 잉여로부터 비평의 몫을 다시 생각하게 되었다. 단순히 도식적인 테제를 텍스트에 요구하는 것, 혹은 그 반대로 텍스트에 수다한 주석을 기입하는 것이 비평의 몫이 아니라면, 아마도 이 '신성한 잉여'를 복원시키는 것으로부터 비평의 몫을 다시 고민할 수도 있겠다 싶었다. 아주 빈번히, 텍스트는 표면의 진술보다 더 중요한 모종의 것을 그 이면에 지니고 있기 때문이며, 그 만큼이나 빈번히, 이 잉여의 영역은 텍스트 독해 과정에서 간과되기 때문이다. 그리고 이에 대한 복원을 통해 세계와 대결하는 텍스트의 흔적들을 읽어내는 비평이 가능할지도 모르겠다는 생각 때문이다. 언제나 텍스트는 이론보다 먼저 민감하게 세계를 징후적으로 반영한다는 생각 때문이다.

1부에는 문학의 진화 속에서 비평의 몫을 고민하는 글들을 담았다. 2010년대 비평의 몫에 대한 논의는 그다지 풍부하게 진행되지 못한 감이 있다. 그럼에도 왜 여전히 비평을 쓰는가에 대한 최소한의 자기 증명은,

적어도 내게는 필요한 것이었다. 이와 관련된 성근 질문들을 문학장의 변화와 결부시켜 진전시키기 위한 고민으로 읽어주면 좋겠다.

2부에는 과거와는 다른 방식으로 현실과 대결하는 텍스트의 전략을 정식화하려는 글들을 담았다. 유물론적 관점에서의 언어 인식이나 수행성의 정치, 문학의 공공성 등을 징후적으로 증언하는 텍스트들의 '전략'을 귀납적인 방식으로 모아내고자 했다. 여전히 문학과 현실의 관계맺음이 중요하다면, 그것의 내적 논리를 새롭게 구성하는 작업이 필요하다는 판단에서이다. 거칠게 포스트 현실주의라고 명명한 경향성'들'의 다양한 스펙트럼에 대한 경이의 기록으로 읽어주면 좋겠다.

3부에는 주로 작품론에 해당하는 글들을 담았다. 읽고 쓰는 것이 업인지라 언제나 무언가를 읽고 쓴다. 이 작업은 기실 꽤 곤혹스러운 것이기도 하다. 그러나 텍스트 이면에서 빛나는 모종의 사유를 발견할 때의 기쁨이 이러한 글쓰기를 지속하게 만드는 힘이라는 것은 분명한 사실이다. 이들 텍스트 덕분에 고단한 읽고 쓰는 일을 계속할 수 있었다. 작품론이 내 나름의 방식으로 텍스트에 대한 애정을 표현하는 방식임을 읽어주면 좋겠다.

한 권의 책으로 묶어 놓고 보니 어떤 작가나 어떤 작품이 유독 반복해서 등장하는 경우가 있다는 점에 놀랐다. 이 역시 내 나름의 텍스트에 대한 애정을 표현하는 방식으로 이해해주면 좋겠다.

두 번째 평론집을 낸다는 건, 그만큼 내가 많은 분들에게 빚을 졌다는 말이기도 할 것이다. 내가 문학에 대해 알고 있는 것들의 대부분을 가르쳐 주신 여러 선생님들, 특히 부족한 제자를 품어주신 조남현 선생님께 감사드린다. 문학과 현실의 관계에 대해 가장 첨예한 자리에서 일깨워주는 실천문학 편집위원 분들께도 감사드린다. 팔리지 않을 것이 뻔한 책을 흔쾌히 출간해주신 맹문재 주간님을 비롯한 푸른사상의 관계자 분들께도 감사드린다. 여전히 어리기만한 아들을 세상 그 누구보다도 따뜻하게 보고 계신 부모님과 장모님께도 감사드린다. 여러모로 부족한 남편을 끊임없이 격려해준, 아마 어떠한 수식어로도 부족할 아내에게 감사드린다. 그리고 이 책은 여러 면에서 아들 도원이가 없었다면 나올 수 없었을 것이다. 그러니 도원이에게 부끄럽지 않은 글이 되기를 바랄 뿐이다.

2014년 가을의 초입,

관악의 연구실에서

■■■ 차례

제1부

잉여, 점, 얼룩, 흔적 그리고 비평

남천은 당대 다른 문인들의 방식, 예컨대 동양론으로의 침잠이나 신체제에 대한 승인과는 다른 방식으
근대 시민 사회의 장르로서의 소설이 시대에 대응하는 방식을 통해 파시즘과 대결하는 삶의 자세를 탐색한다. 그리
르에 대한 미학적 논의가 아니라, '가야만 하고 또 갈 수 있는' 별 자리가 사라진 시대, 새로운 지도를 구성하려는 총체적인

다시, 소설의 운명

1.

1940년, 파시즘의 대두 앞에서 김남천은 「소설의 운명」이라는 평문을 발표한다. 단선적인 역사의 발전과 근대적 합리성의 승리를 신봉했던 그에게, 아마도 파시즘은 그 정체를 파악하기 어려운 모종의 '괴물'로 인지되었을 듯하다. 김남천은 당대 다른 문인들의 방식, 예컨대 동양론으로의 침잠이나 신체제에 대한 승인과는 다른 방식으로 파시즘에 대해 접근한다. 그는 다름 아닌 근대 시민 사회의 장르로서의 소설이 시대에 대응하는 방식을 통해 파시즘과 대결하는 삶의 자세를 탐색한다. 그러니까 「소설의 운명」은 단순히 문학 장르에 대한 미학적 논의가 아니라, '가야만 하고 또 갈 수 있는' 별 자리가 사라진 시대, 새로운 지도를 구성하려는 총체적인 지적 작업의 일환이었던 셈이다.

처음 비평을 쓰려했을 때, 나는 감히 김남천의 글쓰기를 욕망했었다. 막 대학원에 입학해서 옛날 자료들을 복사하고 읽는 일을 반복하던 때,

나는 일종의 무기력함을 벗어나지 못했다. 마치 명징한 성좌가 사라진 시대, 누군가의 언명처럼 '무중력 공간의 탄생'으로 호명되는 시대, 그럼에도 이렇다 할 역사철학적 좌표가 전혀 보이지 않는 시대에 갑자기 던져진 듯했다. 2000년대 중반이라는 시기는, 적어도 내게는 그렇게 느껴졌다.

그때 무기력증을 조금이나마 벗어나게 해 준 계기가 김남천의 「소설의 운명」이었다. 물론 학부 과정 때 얼핏 스쳐가며 본 적은 있었으나, 그 안에 담긴 김남천 비평의 함의를 어렴풋하게나마 읽어낼 수 있었던 것은 대학원에 입학한 직후였다. 그때 김남천을 읽는 일은 조금은 시대에 뒤떨어진 작업으로 여겨졌던 듯하다. 한창 라캉을 비롯한 정신분석학 이론이 문학장에 수용되고 있었으며, 포스트 콜로니얼리즘이 선배들의 주요 논문의 방법론으로 도입되고 있었다. 이런 상황에서 김남천을 읽는 일은 조금은 쓸쓸한 일이기도 했다.

그럼에도 나는 김남천의 비평을 읽는 작업에 몰두했다. 물론 지금 생각해보면 어지간히 치기어린 포즈가 아닐 수 없을 것이다. 그럼에도 비평이 단순히 텍스트의 주석 달기의 형식이 아니라, 혹은 그 역편향으로서의 텍스트에 대한 억압과 강요의 형식이 아니라, 파편적인 텍스트들로부터 귀납적인 방식으로 시대와 마주치는 아주 사소한 윤리를 읽어내는 작업이라는 배움은 이 과정에서 조금씩 구체적으로 수행된 듯하다. '가야만 하고 또 갈 수 있는' 별자리가 사라진 시대, 감히 새로운 성좌를 그리지는 못하겠지만 적어도 내가 위치한 곳의 위상도는 확인하고 싶었다.

그러던 중 운좋게 등단했고 비평가라는 타이틀을 얻게 되었다. 등단하기 이전에도 대충 한국문학장에서의 비평이 좋게 말해서 텍스트와 공감하는 비평, 나쁘게 말해서 주례사 비평의 형식으로 수렴되는 경향이 강하게 존재하고 있음은 알고 있었다. 그런데 어설픈 글로 등단한 후, 내가 대면한 문학장에서 비평의 몫은 그야말로 비루하기 짝이 없었다. 아니, 텍스트의 미덕을 충실하게 밝힌다는 점에서는 더할 나위 없이 빛나고 있었다. 그러나 김남천을 읽으며 꿈꾸었던 비평의 구체적인 상은 적어도 나에게는 잘 보이지 않았다. 텍스트의 아름다움을 풍성하게 만드는 비평의 몫을 부정하는 것이 아니라, 그 너머 텍스트들의 좌표를 읽어내려는 기획의 중요성이 간과되고 있다는 것이 솔직한 느낌이었다.

2.

문제는 나 역시 빛나는 성좌를 탐색하기 위한 어떠한 도구도 지니지 못했다는 사실이었다. 루카치로 표상되는 리얼리즘론은 후기산업사회 시대에 그 유효성을 상실했으며, 새롭게 대두한 다양한 미학 이론들은 내게는 무언가 파편화된 것들로 인지되었다. 그래서인지 조금씩 발표하는 나의 비평들이 무언가 서걱거린다는 느낌을 떨치기 어려웠다. 한 편에서는 이미 과거의 것으로 퇴락한 문학과 사회간의 관계에 대한 진부한 논의들이 반복되고 있었고, 동시에 다른 한 편에서는 어설프게 책으로'만' 읽은 생경한 최신 담론들에 텍스트를 끼워 맞추는 글들이 번잡스럽게 쓰여지고 있었다. 그람시의 말대로 '낡은 것은 사라졌으나 새로운 것은 도래하지 않은' 위기의 시대였다. 나의 어줍잖은 비평 역시 이로부터 단 한 발자국도 벗어나지 못했음은 물론이다.

그렇게 마감일에 맞추어 글을 '찍어내고', 적당한 수준에서 비평적 고민을 봉합하던 때 몇몇 텍스트들이 갑작스레 새롭게 다가왔다. 김사과, 최진영, 염승숙, 윤고은, 손아람 등의 소설이 그랬고, 송경동, 서효인, 황인찬 등의 시가 그랬다. 이들은 적어도 나에게는 기존의 문학적 규범과는 '다른' 징후를 보여주는 텍스트들로 인지되었다. 김사과의 텍스트로부터 근대적 소설 문법을 지탱하는 플롯의 붕괴와 극적 설정이 지니는 의미에 대해 고민하게 되었고, 최진영의 텍스트로부터 문학 언어가 지닐 수 있는 독기에 대해 고민하게 되었다. 염승숙의 텍스트로부터 공적 담화의 장에서 배제된 낮은 목소리의 발화 형식으로서의 '소설'의 위상에 대해 고민하게 되었고, 윤고은의 텍스트로부터 억압된 정치적 무의식과 리비도의 정치경제학에 대해 고민하게 되었다. 손아람과 서효인의 텍스트로부터 대중문화와 혼종된 문학이 충분히 급진적인 문법을 생성할 수 있는가에 대해 고민하게 되었다. 송경동의 텍스트로부터 아고라에서 분배되는 언어 형식에 대해 고민하게 되었고, 황인찬의 텍스트로부터 한 없이 작아지는 발화자의 무게에 대해 고민하게 되었다.

얼핏 하나의 틀로 수렴되지 않는 이들 텍스트들이 나에게 모종의 동일성을 지닌 것으로 인지되었다는 진술은 모순으로 들릴 수도 있겠다. 하지만 이들 텍스트들을 통해 자명한 것으로 간주되어온 근대문학의 규범을 회의하고 그 이면의 다른 가능성에 대해 고민하게 된 것은 분명한 사실이다. 아니, 보다 정확하게 말하자면 좋은 텍스트는 언제나 빛나는 성좌 '이전'에 돌연변이처럼 출현하기 마련이며, 비평은 이들 돌연변이를 통해서만 진화하는 문학에 대해 예견할 수 있을 따름이다. 그런 맥락에서 나에게 이들 텍스트들은 단순히 문학 텍스트가 아니라, 근대와 탈근대가 중첩된 시대를 징후적으로 표출하는 리트머스지로 인식되었다.

3.

다시 얘기를 김남천으로 돌려보자. 나는 여전히 김남천의 비평을 읽고 있다. 그리고 그의 비평이 여전히 비평의 몫에 대해 많은 가르침을 준다고 생각한다. 이는 무엇보다 김남천의 비평이 텍스트에 함몰되지 않으면서도, 역으로 추상적인 이론적 틀로 텍스트를 가두지 않는 팽팽한 긴장감을 가졌다고 생각하기 때문이다. 그리고 이 긴장감을 통해 '위기'를 사유하는 지적 매개로서의 비평을 지향했다고 생각하기 때문이며, 그 지향이 결국에는 아주 사소한 삶의 윤리로까지 이어졌다고 생각하기 때문이다.

2000년대 한국문학은 그 어떤 때보다 화려한 텍스트들의 향연을 보여주고 있는지도 모른다. 그러나 텍스트들이 생성되고 운동하는 메커니즘을 해명하려는 기획, 나아가 문제적인 텍스트들로부터 문학의 미래를 읽어내려는 기획은 여전히 불충분해 보인다. 하지만 비평이란 결국 돌연변이들이 보여주는 징후로부터 시대를 읽어내기 위한 지적 작업이 아닐까 싶다.

그러나 1940년 김남천의 질문이 그로부터 70여 년이 지난 지금, 그대로 반복될 수는 없다. 그의 질문을 어떻게 바꾸어 현재화시킬 수 있을까? 아직 나에게는 뚜렷한 답은 커녕 질문조차 떠오르지 않는다. 다만 확실한 것은 지금까지와는 다른 방식으로만 새로운 플랜 B가 생성 가능하다는 것, 그리고 그 플랜 B는 텍스트와의 우애로운 마주침 속에서만 생성될 수 있다는 것이다. 아마도 위에서 언급한 텍스트들, 그리고 내가 미처 읽어내지 못한 또다른 텍스트들과의 관계맺음 속에서 아주 사소한 비평이 가능할 것이다. 다시, 소설의 운명을 묻는 까닭이다.

포스트 리얼리즘을 위한 세 개의 논점

1. 리얼리즘을 둘러싼 세 개의 도그마

기실 리얼리즘을 다시 말하는 것 자체가 다소 시대착오적인 것으로 보일는지 모른다. 그러니까 사회주의 리얼리즘론(과 그의 변용태들)이 실천적 담론으로 작동하며 실제 텍스트를 통해 구현되었던 1980년대 이후, 리얼리즘은 일종의 문학사적 개념으로 박제화된 경향이 있다. 이러한 변화는 당연한 말이지만, 일차적으로 한국자본주의의 급격한 위상 변화와 대항적 운동의 소멸에 기인할 것이다. 그러나 그보다 근본적인 이유는 리얼리즘을 둘러싼 이론적 도그마에 대한 급진적 문제제기가 충분히 수행되지 못한 채 리얼리즘론 자체가 일종의 '후일담'의 영역으로 진입한 것 때문은 아닐까 싶다. 바꾸어 말하자면 시대적 상황의 변화로 리얼리즘의 쇠퇴를 설명하는 관습이, 정작 리얼리즘의 급진적 재구성의 가능성 자체를 봉쇄하는 부정적 효과를 낳았다는 것이다.

길게는 1920년대 프로문학운동부터, 가깝게는 1980년대 급진적 민족민중문학운동에 이르기까지, 리얼리즘에 대한 비판은 대부분의 경우 이와 같은 방식으로 진행되었다. 시대의 변화와 객관 정세의 후퇴가 문제였다는 진술은 그 자체로서는 타당하다. 그러나 이와 같은 진술은 일종의 자기합리화를 위한 알리바이로 기능한다. 시대가 변화했다면 왜 리얼리즘은 이에 부응하는 양태로 진화하지 못했는가? 객관 정세가 후퇴했다면 왜 리얼리즘은 새로운 '플랜 B'를 도모하지 못했는가? 거칠게 말해서 '소비에트가 망해서 리얼리즘도 망했다', 혹은 '루카치가 모든 것을 해결해주는 것은 아니었다' 와 같은 류의 진술은 곧 리얼리즘의 자기 한계를 외적 요인으로 환원하는 것은 아닌가? 어쩌면 이와 같은 수많은 후일담 류의 조금은 나르시시즘적인 자기 고백과 반성의 수사들 속에서, 정작 리얼리즘 '내부'의 한계에 대한 냉철한 비판은 간과된 것이 아닌가 싶다.

사실 한국문학사에서 리얼리즘은 일종의 '공리'로서 통용되어온 측면이 있다. 이 공리는 세 개의 축을 통해 견고한 자기완결적 구조를 지니고 있었으며, 1980년대 이후 리얼리즘의 성급한 자기 파산 선고에도 불구하고 그 한계는 제대로 검토되지 못한 것으로 보인다. 식민지 시기부터 지속되어온 이 '공리'는 대략 '계급적 주체에 의한 현실의 총체적 인식과 이의 객관적 반영'으로 요약될 수 있다. 이를 보다 세분화하자면 다음과 같은 세 개의 층위로 나눌 수 있다. 1) 문학적 측면에서의 '주체'론, 2) 현실에 대한 사유의 측면에서의 '인식'론, 3) 문학 언어 측면에서의 창작방법(='형상화')론.

1)의 측면에서 리얼리즘론은 주로 선험적인 계급적 주체를 공리로 간주해왔다. 길게는 박영희와 김기진의 논쟁부터 가깝게는 1980년대 민족문학주체논쟁까지가 문제삼았던 것이 이 지점이다. 이들의 논의는 공통적으로 문학적 주체를 첨예한 모순에 직면하면서, 동시에 이 모순의 지양을

추동할 것으로 '설정'된 계급적 주체로 구체화하는 과정으로 수렴된다. 그것이 민중이든, 프롤레타리아트든, 혹은 양심적 인텔리겐챠나 전위적 노동자이든 간에, 이들 계급적 주체는 투명한 존재로 간주된다. 이 과정에서 이미 상식화된 주체 형성의 메커니즘에 대한 고민은 소거된다. 그 결과 자명한 것으로서의 문학적 주체가 설정되며, 이는 곧 모순의 결정체이자 투쟁의 장으로서의 주체라는 문제설정을 기각하는 결과를 낳는다. 기실 투명한 주체라는 개념 자체가 폐기된 현재, 리얼리즘론은 여전히 과거의 계급적 주체 개념을 대체할 이론적 작업을 수행하지 못하고 있는 것이 사실이다. 이러한 맥락에서 1990년대 이후 한국문학에서 주체 '자체'에 대해 회의하는 정신분석학적 방법론이 주된 이론으로 수용된 것은 우연이 아니다. 바로 이 지점이 과거 리얼리즘론의 가장 '약한 고리'이기 때문이며, 이로 인해 발생한 가장 첨예한 문학적 '공백'이기 때문이다.

2)의 측면에서 리얼리즘론은 현실을 '총체적으로' 인식하는 것이 가능하다고 전제해왔다. 이러한 사유는 현실이 하나의 핵심적인 모순으로 규정될 수 있으며, 다양한 현상들을 하나의 틀로 수렴시킬 수 있다는 공리를 통해 성립한다. 그리고 이러한 인식은 현실의 핵심을 담은 총체적인 것과 그렇지 않은 지엽적인 것을 구분하도록 만든다. 그 결과 현실의 다기한 양상들은 이른바 '토대'의 문제로 환원된다. 때때로 그 자리에 계급 대신 민족이나 분단 등을 위치짓고자 하는 흐름들이 있었으나 이들 역시 토대를 중심으로 현실을 환원시키는 인식론은 강고히 유지하고 있었다. 1990년대 이후 포스트 담론이 한국 사회의 주된 지적 담론으로 수용되며, 문학 장에서 과거 리얼리즘적 인식론을 대체하는 효과를 생성했던 것은 우연이 아니다. 이미 후기산업사회에 진입한 한국자본주의는, 18세기적 인식론으로 해명될 수 없는 수많은 현실은 물론, 현실의 새로운 존재 양

식까지 생성했기 때문이다.

3)의 측면에서 리얼리즘론은 '반영' 개념을 주된 창작방법론으로 제시해왔다. 즉, '있는 그대로'의 현실을 가감 없이 '그린다'는 테제가 성립된다. 따라서 미메시스적 방식이 특권화되며, 특히 언어를 매개로 하는 문학의 경우 하나의 언어가 하나의 현실을 투명하게 반영할 수 있다는 공리가 전제된다. 다양한 미학적 실험들은 현실을 왜곡하는 것으로 치부되며, 언어는 문학적 주체와 객관 현실을 매개하는 역할을 수행하는 것으로 한정된다. 따라서 1990년대 이후 다양하게 분화된 미학적 실험들, 특히 언어를 둘러싼 메타적 사유에 토대한 미학적 실험들이 과거 반영론의 자리를 대체한 것 역시 우연이 아니다. 언어는 결코 투명한 매개가 아니며, 이를 둘러싼 메커니즘의 탐색은 문학의 본질적인 문제에 해당하기 때문이다.

이 글은 리얼리즘을 둘러싼 기존의 논의가 위와 같은 본질적인 층위의 '공리'에 대한 문제제기로까지 나아가지 못했다는 판단에서 출발한다. 2000년대 이후에도 문학과 사회의 관계, 혹은 문학과 정치의 관계에 대한 논의들은 산발적으로 진행되어왔다. 그럼에도 불구하고 이들 논의가 보다 심화된 문제제기로 이어지지 못한 것은 문학사적 전개 과정 속에서 리얼리즘의 급진적 재구성의 기획으로 맥락화되지 못했기 때문이다. 바꾸어 말하자면 포스트 리얼리즘적인 징후들은 여전히 활발하게 텍스트의 층위에서 분출되고 있으나, 이를 다시 포스트 리얼리즘의 틀로 의미화하려는 기획은 부재하다는 것이다. 이와 같은 비평적 공전의 근본적인 원인 중 하나가 바로 리얼리즘에 대한 본질적인 비판과 이에 토대한 포스트 리얼리즘의 문제설정의 부재인 셈이다. 물론 이 부족한 글에서 이와 관련된 모든 논점들을 검토하고 이에 대한 명료한 해답을 제시할 수는 없다. 단지 우리에게 필요한 것은 명징한 해답이 아니라 더 많은 '근본적인' 질문이라는 사실을 상기할 따름이다.

2. 주체: 선험적 주체에서 수행적 행위자로

1990년대 이후 한국문학에서 가장 많이 논의된 문제는 단연 주체에 대한 것들이다. 이는 1980년대까지 투명한 존재로 설정되어온 주체가 기실 선험적으로 규정된 관념의 산물이라는 사실에 기인한다. 이러한 맥락에서 프로이트와 라캉을 거쳐 지젝에 이르는 일련의 정신분석학 이론들이 급격히 수용된 것 역시 나름의 필연성을 지닌다. 특히 2000년 이후 대다수의 젊은 비평가들이 라캉주의 좌파의 이론을 토대로 주체와 이에 수반되는 타자, 윤리 등의 개념을 주된 문학적 방법론으로 사용하는 것 역시 나름의 맥락을 지닌다고 할 수 있다.

그것의 공과는 차치하고라도 1980년대 리얼리즘의 핵심을 규정짓는 것은 분명 문학적 주체로서의 '프롤레타리아트 계급'이라는 문제설정이었다. 당대의 리얼리즘 논쟁을 보라. 민중적 민중문학론, 민족해방문학론, 노동해방문학론, 당파적 현실주의론 등등의 이론은 그 문학적 주체를 보다 선명한 방식으로 규정짓고자 하는 문제의식의 소산이었다. 문제는 이들 이론이 공통적으로 '주체'를 투명한 것으로 상정했다는 점이다. 그러니까 무의식과 욕망의 영역에 존재하는, 계급으로 환원되지 않는 주체성이 돌출되는 순간, 이들 리얼리즘론은 자기근거를 박탈당할 운명이었던 셈이다.

이러한 맥락에서 라캉주의 좌파의 관점은 상당한 타당성을 제공해주는 것이었다. 주체는 투명한 의식의 층위에 존재하지 않으며, 따라서 비평은 그 징후'만'을 읽어낼 수 있다는 논의는 경화된 리얼리즘론의 주체 개념을 대체하기에 충분한 이론적 근거로 작동했다. 그러나 현재의 관점에서 보자면 이들 역시 결정적인 한계를 노정하고 있는 듯하다. 문학적 주체를 정신분석학적 구조의 틀로 환원시키는 순간, 남는 것은 일종의 세련된 불가지론일 뿐이다. 그 결과 이들의 논의는 결국 주체와 타자, 욕망과 윤리에 대한 지극히 원론적인 결과로 수렴된다. 무엇보다 주체가 구성되는 컨텍스트적 상황을 선험적인 리비도 경제학의 층위로 환원시킨다는 점에서, 이들 논의는 결국 과거 리얼리즘론이 지닌 관념적 성격의 세련된 판본으로 회귀한다. 문학과 정치를 둘러싼 이들의 논의가 종종 지극히 추상적인 진술로 수렴되는 것은 이 때문이다. 나아가 이들은 개체가 지닌 역동적 저항의 가능성을 무의식과 욕망의 층위로 한정짓는다. 그 결과 능동적인 주체(subject)는 단지 복종(subject)하는 존재로 축소되어 버린다. 이들은 기껏해야 자신의 무의식이 삐져나오는 순간을 특화시키는 것으로 문학의 역할을 한정짓는다. 정직하게 말해, 지금 한국문학이 놓인 현실이 이 정도라는 것을 부인하기는 어려울 것이다.

그렇다면 포스트-리얼리즘을 고민하는 우리에게 필요한 관점은 무엇인가? 우선 구조에 종속된 주체 개념을 과감히 폐기할 필요가 있다. 대신 특정 국면마다 형성되는 수행적 행위자의 양상에 초점을 맞출 필요가 있다. 주체(subject)가 구조에 종속된 관념적인 개념인 반면, 행위자(agent)는 개별 국면의 조건 속에서 자신의 역능을 발현시키는 특성을 지닌 개념이다. 이때 행위자는 주체와 같이 고정된 투명한 개념이 아니라, 특정한 물질적 조건에 따라 재편되는 유동적인 개념으로 이해되어야 한다. 따라서 이들의 운동 역시 우발적인 형태의 수행적(performative)인 방식으로 나타난다. 이들 수행적 행위자의 운동은 그 자체로서 급진적인 의미를 획득하지 않는다. 오히려 지극히 유물론적인 관점에서, 즉 물질적 조건들이 배치되는 구체적인 과정에 개입함으로써 지배적인 주체 호명의 메커니즘을 전복하는 것이 수행적 행위자의 운동 방식이다.

알튀세르의 오래된 비유로 돌아가보자. 이데올로기적 국가장치는 우리에게 '이봐, 당신'이라고 호명한다. 1980년대 리얼리즘은 이에 대해 '나는 당신이 아니라 민중이다'라고 답하는 방식을 택했고, 이후 정신분석학에 입각한 이론들은 '그것은 내가 아니다'라고 답하는 방식을 택했다. 방식은 다르지만 결국 이들은 모두 호명에 응답하는 것으로 수렴된다. 그러나 지금, 우리는 보다 근본적인 방식으로 답해야 한다. 우리에게 필요한 것은 오히려 '당신은 누구인데 나를 부르는가?'라고 호명의 정당성 자체를 따져 묻는 것이다. 그리고 이는 곧 구조종속적인 주체 개념을 뛰어넘어 수행적 행위자를 문학의 주인으로 승인하는 작업으로 연결될 것이다.

3. 인식: 총체적 인식에서 모순의 중층결정으로

과거의 리얼리즘이 현실의 다양한 측면을 '총체성'이라는 개념을 기준으로 환원시켜왔음은 주지하는 바와 같다. 이는 당대 정치 현실 속에서 강력한 저항적 에너지의 응집 효과를 낳았으나, 동시에 미시적인 층위에서 작동하는 배제와 분할의 메커니즘을 인식하지 못하는 한계 역시 노정하고 있었다. 1990년대 이후 일련의 포스트 담론의 대두 속에서 '억압된 것들의 귀환'과 관련된 기획들이 대규모로 진행된 것은 이와 무관하지 않다. 그런데 이로부터 20여 년이 지난 지금, 과연 억압된 것들이 귀환했는지에 대해서는 다소 회의적이다. 정확히 말해 총체성의 이름으로 억압되었던 것들은 귀환하지 못한 채 산발적으로 다시 억압되었다는 표현이 적합할 것이다. 이는 포스트 담론이 리얼리즘적 사유가 지니는 한계를 정확히 비판한 성과를 거두었음에도 불구하고, 정작 후기산업사회로 진입한 한국 자본주의에 의한 배제와 분할의 정치를 비판하는 데 실패했기 때문이다. 예컨대 포스트 담론을 통해 한국문학은 리얼리즘에 의해 억압되어 온 '비루한 것들의 카니발'(황종연)을 꿈꿀 수 있었으나, 이 '비루한 것들'은 결국 자본주의적 기준에 의해 다시, 그리고 훨씬 강도 높게 '비정상적인 것'으로 억압되었다.

이와 같은 포스트 담론의 인식 구조가 지닌 한계는 결국 개별적인 현실'들' 간의 관계에 대한 사유를 진행하지 못한 것에 기인한다. 바꾸어 말하자면 개별 현실들 각각을 특화시켜 인식하려는 시도는 토대 환원론적 사유의 막대 구부리기로서 충분한 효과를 발휘하였으나, 정작 개별 현실과 모순들 간의 관계 맺음의 방식에 대한 유효한 전략으로는 발전하지 못했다. 현재에도 꾸준히, 예컨대 젠더와 생태, 교육과 지적 격차, 인종과 국적을 둘러싼 모순을 증언하는 텍스트들은 활발하게 생산되고 있다. 문제는 이들 현실이 모두 개별적인 것으로 손쉽게 승인되며, 정작 이들 현실간의 연대를 추동하는 인식론적 진화는 부재하다는 것이다. 이는 곧 복수(複數)의 현실을 인식하는 작업은 그 현실들 간의 관계에 대한 인식으로 발전할 때만 의미를 지닌다는 사실을 환기시킨다. 그러한 면에서 여전히 한국문학에 큰 영향력을 행사하고 있는 자유주의적 다원주의는 더 이상 유효한 인식론으로 기능할 수 없다.

중요한 것은 단순히 복수의 현실을 인식하는 것이 아니다. 오히려 지금 필요한 것은 복수의 현실들이 서로 충돌하고 교섭하며 맺는 관계를 인식하는 것이다. 후기산업사회에서 모순은 단일한 방식으로 현상하지 않는다. 모순은 중층적으로 결정된다. 물질적 조건에 의해 때로는 특정한 모순이 과잉결정되기도 하며, 반대로 특정한 모순이 과소결정되기도 한다. 중요한 것은 이들 모순이 중층적으로 관계 맺으며 현상한다는 사실이다. 이 점을 간과할 경우 포스트 담론이 보인 고립적이고 분산적인 현실 인식에 함몰될 수 있다. 따라서 특정한 물질적 조건 속에서 어떠한 모순이 과잉, 혹은 과소결정되어 이데올로기적인 '약한 고리'를 형성하는지에 대한 인식론적 접근이 필요하다. 바꾸어 말하자면, 계급과 젠더, 생태와 지적 격차, 인종과 국적의 문제를 하나의 틀로 환원하는 과거 리얼리즘론의 한계를 극복하는 동시에, 이를 파편적으로 나열하여 특화시키는 포스트 담론의 한계를 극복하는 인식론이 요구된다는 것이다.

더불어 현실이 현상하는 방식을 보다 섬세하게 인식하기 위한 방법론 역시 필요하다. 후기산업사회에서 현실은 가시적인 방식으로만 드러나지 않는다. 오히려 비가시적인 다양한 방식을 통해 현실과 이에 수반되는 모순은 매우 촘촘하게 현상한다. 특히 이데올로기 국가장치는 구체적인 일상의 층위에서 미시권력으로 작동한다. 이를 인식하기 위해서는 뚜렷한 모순을 거점으로 사유하는 것이 아니라, 중층적인 모순들이 관계 맺는 방식을 중심으로 사유하는 연습이 필요하다. 이는 비단 인식론의 문제에 국한되는 것이 아니라, 미학적 형상화의 대상을 확장하는 문제와 연계된다는 점에서 더욱 중요한 과제로 제기된다.

4. 형상: 객관적 반영에서 언어의 물질성으로

문학에 국한시킬 때, 과거 리얼리즘이 지닌 가장 큰 한계는 형상화 방식에서의 보수적 경향성일 것이다. 아이러니하게도 리얼리즘론은 그 정치적 진보성에 비해 미학적인 측면에서 상당한 보수적 경향을 노정해왔다. 객관적 반영론으로 요약되는 미학론은 다양한 언어적 실험을 이단시했으며, 그 결과 1990년대 이후 언어를 둘러싼 실험들은 정치적인 문제의식과는 거리가 먼 것으로 오인되었다. 현재 문학사에서 1980년대 리얼리즘이 그 현실 적합성에도 불구하고 이렇다 할 미학적 성취를 거두지 못했으며, 이후 1990년대 들어서야 미학적 자율성이 새로운 문학적 경향으로 대두했다는 것이 통설로 자리잡은 것은 이 때문이다.

물론 1990년대 이후 언어를 둘러싼 다양한 실험들은 나름의 미적 성취를 거두는 데 성공했다. 언어의 재현 가능성의 한계를 묻는 실험은 언어와 세계의 관계에 대한 인식론적 확장을 가져왔으며, 대중문화의 문법을 차용하려는 실험은 문학 언어의 확장을 가져왔다. 담화구조를 메타적인 시선에서 조망하는 실험은 하위주체의 발화 가능성을 제시했으며, 텍스트 다시-쓰기의 실험은 지배담화를 전복하기 위한 전략에 대한 고민을 심화시켰다. 그럼에도 불구하고 이들 실험들이 결과적으로 일종의 일회적 이벤트에 국한된 것 역시 부정하기 어려운 사실이다. 일탈과 유희의 언어는 분명 지배담화에 균열을 내는 효과를 지니지만, 이것이 지속되기 위해서는 언어가 지니는 물질성에 대한 사유가 개입해야 하기 때문이다.

리얼리즘이 간과한 것 중의 하나는 언어가 하나의 '물질'로서 존재한다는 사실이다. 언어는 투명하고 명징한 매개가 아니다. 객관적 반영론에는 하나의 전제가 숨겨져 있는 바, 언어를 통해 현실을 '있는 그대로' 표현할 수 있다는 것이 그것이다. 그러나 언어는 사회적으로 구성된 체계이며, 따라서 여기에는 각종 대립적인 모순이 결합되어 있다. 정확히 말해 우리가 자명한 것으로 사유하는 언어란, 지배 질서에 의해 승인된 언어에 지나지 않는다. 그럼에도 언어를 통해 형상화된 문학은 여전히 중요하다. 왜냐하면 언어의 심층에는 모순의 대립이 깊이 각인되어 있기 때문이며, 좋은 텍스트는 이 모순을 봉합하는 대신 징후적으로 표출하기 때문이다.

1990년대 이후 미적 자율성의 이름 아래 진행되어온 언어를 둘러싼 실험들 역시 치명적인 한계를 지닌다. 이들은 언어가 지니는 자율성의 측면을 극한에서 실험하는 작업에 성공했으나, 언어가 지니는 물질성에는 주목하지 못했다. 그 결과 이들 실험은 종종 언어를 둘러싼 아포리즘적 진술에 함몰되거나, 일회적인 일탈과 유희에 국한되고 말았다.

이러한 한계를 극복하기 위해 포스트 리얼리즘은 언어의 물질성에 주목할 필요가 있다. 텍스트 표면에 진술된 공식 언어는 지배적인 언어 질서에 의해 구성된 것이다. 반면 텍스트 심층에 놓인 언어에는 언어를 둘러싼 계급투쟁의 과정이 각인되어 있다. 이를 복원시킴으로써 비로소 리얼리즘은 사회적 구성체로서의 언어, 대립적 모순의 통합체로서의 언어에 대해 사유할 수 있을 것이다. 나아가 언어를 둘러싼 위계서열화의 문제와 자본의 구별짓기 전략, 지배적인 계급재생산의 경로 등을 풍부하게 사유할 수 있을 것이다.

5. 포스트 리얼리즘의 실천적 가능성

1990년대 이후 한국문학에서 급진적 수사와 담론은 넘쳐 흘렀으나, 그 이름에 값하는 문학과 현실의 관계맺음에 대한 진지한 사유는 충분히 진행되지 못했다. 어쩌면 1980년대의 리얼리즘이 지닌 한계를 비판하는 것만으로 문학적 시민권을 획득했던, 오인으로 자신을 내새웠던 것이 이후 문학의 초라한 모습일는지도 모른다. 선험적 주체 개념을 비판하면서 대두한 정신분석학적 접근은 결국 공허한 무의식과 욕망의 영역을 부당하게 특화시키는 것으로 문학의 영역을 한정짓고 말았다. 환원론적 인식론을 비판하면서 대두한 포스트 담론들은 배제와 분할의 통치 전략에 저항하지 못한 채, 결국 억압된 것들을 또다시 억압하는 실천적 무기력함으로 귀결되고 말았다. 객관적 반영론을 비판하면서 대두한 언어에 대한 급진적 실험들은, 결국 미적 자율성이라는 이름 아래 언어의 물질성을 간과하는 한낱 이벤트에 머물고 말았다. 그리고 2014년 지금, 우리는 노골적인 신자유주의의 파상 공세와 이로 인한 사회적 공공성의 파괴를 목도하고 있다. 그렇다면 공공재적 가치를 담지한 문학은, 그리고 그 가치를 수호해야할 문학 비평은 무엇을 해야 하는가?

최근 생산되는 텍스트들의 스펙트럼은 경이롭다. 과거 리얼리즘의 틀로는 해석될 수 없는, 문학과 현실, 문학과 사회를 둘러싼 풍부한 성취들이 곳곳에서 발산되고 있다. 그렇다면 문제는 텍스트의 빈곤이 아니라 이를 의미화 하려는 포스트 리얼리즘의 기획의 부재일 것이다. 이데올로기적 국가장치의 해명 요구를 정면에서 거부하는 김사과의 '앙팡 테리블'과 '아버지의 이름'에 거역하는 최진영의 '원도'로부터 수행적 행위자의 가능성을 추출하는 것. 구체적인 몸이 젠더와 계급과 인종과 국적의 문제로 점철된 전쟁의 장임을 인식하는 김사이와 조해진의 '그녀들'로부터 중층적으로 구성된 현실 모순의 관계를 첨예하게 복원하는 것. 아크로의 언어와는 다른 아고라의 언어를 탐색하는 송경동의 발화와 공식언어의 틈새로부터 하위주체의 역사를 읽어내려는 손홍규의 문법으로부터 언어의 물질성을 읽어내려는 것. 이토록 풍성한 텍스트를 통해 다시 문학과 현실의 관계에 대해 급진적으로 사유하려는 기획을 끊임없이 시도하는 것. 이로부터 비로소 포스트 리얼리즘의 실천적 가능성이 발현될 수 있을 것이다. 그리고 이 기획은 문학의 공공성을 급진적으로 재구성하려는 의지와 직결된 과제이기도 할 것이다.

문학-소비자에서 텍스트-생산자로의 이행

1. 근대문학과 문학-소비자의 탄생

주지하다시피 지금 우리가 '문학'으로 간주하는 개념은 근대에 이르러 형성된 것이다. 그 이전 시기 공동체적인 연희나 구연 양식과 결합되어 유통되던 문학 텍스트는, 근대에 이르러 지극히 사적인 체험을 통해 유통되게 되었다. 이러한 변화는 한 편으로는 코기토적인 근대적 주체의 탄생에 의한 것이었으나, 동시에 다른 한 편으로는 문학을 둘러싼 생산-유통 구조의 자본주의화에 의한 것이기도 했다. 즉, 사적인 읽기 작업을 통한 텍스트에 대한 주체적 해석의 가능성이 부여된 것과 함께, 시장의 유통 구조 속에서 하나의 '상품'으로 텍스트가 존재하게 된 것이다.

이로 인해 기존의 공동체적인 텍스트의 향유는 더 이상 지배적인 유통 구조로 지속될 수 없었다. 문제는 이러한 텍스트 향유 구조의 붕괴가 문학-생산자와 문학-소비자간의 위계질서를 재생산하게 되었다는 점이다. 이전 시기 연희나 구연 과정에 직간접적으로 개입하며 의미를 재구성하던 대중들은, 근대문학의 형성 이후 시장의 메커니즘에 의해 문학-소비자로 전락한다. 그 결과 문학 텍스트의 생산은 문단 제도로부터 승인된 소수 전문가집단의 영역으로 국한되며, 대중은 이들에 의해 생산된 텍스트를 구입해서 소비하는 역할을 수행하는 것으로 한정된다.

이러한 근대문학의 독자상(象)은 아카데미적인 문학 이론을 통해 보편적인 것으로 확정되었다. 지금도 제도 문학 교육에서 '정석'으로 반복되는 공식, 즉 작가의 주제의식은 작품에 내재되어 있으며, 독자의 몫은 작품 독해를 통해 작가의 본래 사유를 인식하는 것이라는 공리가 이를 단적으로 보여준다. 이러한 독법이 문학 교육을 비롯한 일련의 문학 제도를 통해 반복재생산되며, 텍스트를 둘러싼 독자의 능동적 수용은 오히려 작품에 대한 '오독'으로 간주되는 경향이 강화되었다.

그러나 2000년대 이후 문학 장을 둘러싼 일련의 메커니즘이 급격하게 변화하면서, 문학-소비자로서의 독자 개념을 전복하는 몇몇 흥미로운 징후들이 돌출하기 시작했다. 특히 권위적인 문학 '지면'을 대체할 수 있는 웹 상의 자유로운 표현 공간이 그야말로 광대하게 보편화되었으며, 나아가 대중의 망딸리떼가 텍스트 구조에 영향을 미치는 사례 역시 빈번히 발생하고 있다. 그럼에도 아직까지 문학 비평은 근대문학의 경화된 독자 모델을 벗어나기 위한 사유를 충분히 보여주지 못한 것이 사실이다.

이 글은 여기에서 출발한다. 근대문학이 설정한 독자 모델이 가변적인 것이며, 나아가 이것이 문학-생산자와 문학-소비자 간의 위계질서를 수반하는 것이라면, 이와는 다른 독자 모델의 상을 보여주는 사례들로부터 새로운 모델의 형성 가능성을 추출할 필요가 있을 것이다. 물론 이 글이 이에 대한 완결적인 논의를 제시할 수는 없다. 다만 이와 관련된 몇 가지 사례들을 검토하고, 이로부터 문학-소비자로부터 텍스트-생산자로 이행하는 독자 대중 형성의 가능성을 추출해보는 것이 이 글의 목적이다.

2. 문화 장의 변화와 프로슈머(prosumer)의 등장

본격적인 문학 독자 모델의 변화에 대한 논의에 앞서, 먼저 2000년대 이후 문화적 장(場)의 변화와 이에 따른 문화 텍스트 수용 메커니즘의 변화를 살펴볼 필요가 있다. 2000년대 이후 문화 연구에서 빈번히 등장하는 개념 중 하나는 프로슈머(prosumer)이다. 생산자(producer)와 소비자(consumer)의 합성어인 프로슈머는, 문화적 텍스트를 단순히 '소비'하는 것이 아니라, 스스로 그 의미를 생성하는 새로운 수용자를 지칭하는 개념이다.

프로슈머의 등장은 일차적으로 문화 텍스트의 유통 과정의 변화에 기인한다. 특히 인터넷의 발달은 텍스트에 대한 수용자의 자유로운 해석이 표출될 수 있는 새로운 미디어 공간을 가능하게 했다. 고전적인 문화적 미디어 대신, 미니홈피나 블로그, 혹은 인터넷 동호회 등의 공간이 대중의 문화 텍스트 향유의 주된 공간으로 대두했다. 책이나 전문 잡지 등이 소수 전문가집단의 발화만을 유통시키는데 반해, 이들 다양한 웹 상의 공간은 누구나 자유롭게 자신의 텍스트 해석과 다시-쓰기를 표현할 수 있는 기술적 조건을 구비하고 있다. 이러한 텍스트 유통 과정의 변화는 거의 모든 예술 장르에 걸쳐 일어나고 있다. 예컨대 특정한 문학 작품은 개별 독자들의 블로그 등을 통해 재해석되며, 이들 간의 활발한 네트워킹은 종종 텍스트의 패러디를 비롯한 다시-쓰기의 형식으로 나타나기도 한다. 비단 문학만이 아니라, 영화나 미술, 음악 등을 비롯한 다른 예술 장르의 경우도 마찬가지이다. 전문적인 영화평론가의 평가만큼이나 대중적인 파급력을 갖는 것은 파워 블로거의 감상평이나, 혹은 포털 사이트의 베스트 댓글 들이다. 앤디 워홀의 팝아트 작품만큼이나 활발하게 유통되는 미술 텍스트는 뭉크의 '절규'와 애니매이션 주인공 심슨의 얼굴을 합성한 그림이다.

흥미로운 것은 프로슈머의 등장이 단순히 기술적인 측면에서의 변화에 국한된 것이 아니라는 사실이다. 누구나 작품에 대한 재해석을 수행할 수 있고, 나아가 이를 기반으로 텍스트 다시-쓰기를 수행할 수 있다. 그러나 그렇다고 해서 모든 재해석과 다시-쓰기가 대중들에 의해 선택되어 광범위하게 유통되는 것은 아니다. 바꾸어 말하자면 얼핏 무분별하고 종잡을 수 없는 것처럼 보이는 웹 상의 대중들 역시 나름의 미학적 기준을 지니고 있으며, 이 기준을 충족시킬 경우에만 텍스트의 재해석과 다시-쓰기는 대중적인 승인을 받을 수 있다는 것이다.

예컨대 2010년 최고의 시청률을 기록했던 시트콤 〈지붕뚫고 하이킥〉의 사례를 살펴보자. 이 시트콤의 스토리 라인은 매우 복잡하게 구성되어 있지만, 기본적으로는 지훈과 준혁, 정음과 세경의 복합적인 러브 라인을 중심으로 전개된다. 시트콤은 후반부까지 이들 간의 러브 라인을 단정 짓지 않으면서 시청자로 하여금 다양한 경우의 수를 상상하도록 유도했다. 총 4개의 러브 라인, 즉 지훈-정음, 지훈-세경, 준혁-정음, 준혁-세경의 가능성들이 시청자들에게 주어진 셈이다. 당시 이 시트콤 매니아들의 커뮤니티에서는 각각의 러브 라인을 상상한 텍스트들이 매우 다양한 형식으로 생산-유통되었다. 실제 시트콤은 후반부 들어 지훈과 정음의 러브 라인을 제시했지만 이와는 무관하게 시청자들은 텍스트 다시-쓰기를 수행한 셈이다.

그런데 각각의 러브 라인은 단순히 연예인에 대한 선호도가 아니라, 나름의 대중적인 감성구조를 반영하고 있었다. 예컨대 지훈과 세경의 러브 라인을 바라는 매니아들은, 주로 의사이면서 따뜻한 성격의 지훈과 중학교를 졸업하고 부자집에서 식모로 일하는 세경의 사회적 지위를 초월한 사랑을 강조한다. 즉, 실제 현실에서는 실현될 수 없는 낭만적 사랑의 환타지를 텍스트 다시-쓰기를 통해 나름의 형식으로 구현하고 있는 셈이다. 이러한 텍스트 다시-쓰기의 행위는 곧 신자유주의 시스템의 전면화 속에서 낭만적 사랑의 환타지 자체가 실상은 허구의 이데올로기에 지나지 않는다는 대중의 인식과, 그럼에도 문화 텍스트의 영역에서 억압된 낭만적 사랑의 욕망을 실현시키고자 하는 대중의 망딸리떼가 결합되어 표출된 것으로 볼 수 있다. 이는 지훈과 정음의 러브 라인을 바라는 매니아들에게서도 유사한 방식으로 나타난다. 정음의 경우 '서운대'라는 지방대에 재학 중인 학생이다. '서울대'와 비슷한 이름을 지닌 학교로 인해 얼결에 준혁의 과외 선생으로 일하게 된 정음의 경우에도 세경과 사정은 유사하다. 정음은 지방대생이라는 사실로 인해 학력차별이 만연한 한국 사회에서 소외되는 캐릭터로 설정된다. 그런 그녀가 지훈과 사귀기를 바라는 문화 수용자들의 욕망은, 곧 공고한 학력 자본을 통한 계급 재생산 구조에 의해 억압된 다수의 대중들의 망딸리떼를 반영한 결과로 볼 수 있다.

이러한 사례에서 확인되는 것처럼 2000년대 이후 활발히 등장한 프로슈머의 존재는 단순히 인터넷을 비롯한 텍스트 유통 구조의 변화만으로 해명될 수 없다. 그들이 새롭게 만들어내는 텍스트의 재해석과 이에 기반을 둔 텍스트 다시-쓰기는 대중의 억압된 욕망이 표출되는 형식이며, 이 배경에는 신자유주의의 전면화에 따른 변화된 대중의 망딸리떼가 자리잡고 있다. 바꾸어 말하자면 프로슈머의 등장에 주목해야 하는 까닭은, 기술적인 측면에서의 텍스트 소비자의 발화라는 사실 뿐만이 아니라, 그들이 수행하는 텍스트의 재해석과 다시-쓰기의 욕망이 바로 텍스트 생산자의 영역으로 환원될 수 없는 대중의 망딸리떼가 발현된 결과라는 점이다. 이에 주목할 때, 비로소 문화 콘텐츠의 소비자에서 텍스트의 능동적 생산자로의 이행이라는 프로슈머의 진정한 문제성이 해명될 수 있을 것이다.

위에서 분석한 시트콤 다시-쓰기의 사례 뿐 아니라 매우 다양한 형식으로 프로슈머의 활동은 지속되고 있다. 정치적 이슈에 대한 다양한 패러디나, 이른바 '짤방' 등을 통한 정전화된 텍스트에 대한 패러디 등이 이에 해당한다. 그리고 수많은 텍스트 다시-쓰기의 결과물들 중 대중적으로 유통-승인되는 텍스트들은 대중의 억압된 욕망을 표출한 것들로 국한된다는 점, 그것들은 공통적으로 대중의 망딸리떼를 징후적으로 반영하고 있다는 점은 충분히 강조되어야 한다. 다시 한 번 강조하지만, 모든 종류의 텍스트 재해석과 다시-쓰기가 대중들에게 유통-승인되는 것은 아니기 때문이며, 나름의 방식으로 대중에게 승인되는 텍스트들은 정확히 텍스트 생산자가 읽어내지 못한 대중의 망딸리떼를 표출하고 있기 때문이다.

3. 게릴라들의 글쓰기 형식'들'

이러한 프로슈머의 등장은 문학의 영역에도 직간접적인 영향을 미치고 있다. 가장 직접적인 영향은 기존의 문단 시스템에 포획되지 않는 형식의 자유로운 글쓰기가 활성화되고 있다는 점이다. 미니홈피나 블로그, 인터넷 동호회 등을 통해 대중들과 직접적으로 소통하며 창작-유통되는 텍스트가 급증하고 있다는 점은 이를 단적으로 보여준다.

이미 1990년대부터 PC통신을 매개로 한 문학 텍스트의 창작과 유통, 향유는 뚜렷한 문화적 현상으로 자리잡았다. 이른바 본격문학의 장에서 인정받지 못한 『퇴마록』을 비롯한 심령 추리물이나, 귀여니 등에 의해 활발히 창작된 하이틴 로맨스 등의 대중적 파급력은 기존 문학 텍스트의 그것과 비교할 수 없을 정도로 엄청난 반향을 불러 일으켰다. 이후 이른바 장르 문학 텍스트들이 문단 시스템의 외곽에서 자발적인 방식으로 창작-유통-향유되기 시작했으며, 이러한 경향은 현재 역으로 '본격문학' 작가들이 장르문학적 요소들을 작품에 차용하는 결과로까지 나타나고 있다.

이들의 글쓰기 형식은 매우 다양하게 분화되어 나타나고 있기 때문에 이를 하나의 기준으로 분석하는 것 자체가 큰 의미를 지니기 어렵다. 그럼에도 이들의 글쓰기 형식은 공통적으로 기존의 문단 시스템에서 체계적으로 배제되어온 것들의 '귀환'이라는 점에서 그 의미를 획득한다.

앞서 글의 서두에서 잠시 언급한 것처럼, 현재 우리에게 자명한 것으로 간주되는 문학 개념은 실상 근대적 사회 시스템의 일부로서 발명된 것이다. 이 과정에서 문학 창작의 주체는 몇몇 엘리트 층으로 국한되었다. 보다 구체적으로 살펴 보자면 대학에서 국문학 내지는 문예창작학을 전공하고, 기존의 문학적 규범들을 구현할 수 있는 층에 한하여 등단을 통한 작가로서의 자격 획득이 가능한 문학의 재생산 구조가 확립되었다. 그런데 이때 등단의 필수적인 조건은 기존의 문단 시스템에서 요구하는 문학적 규범의 내면화로 요약된다. 즉, 소설의 경우 적당히 무게감을 지닌 주제의식과 플롯적 완결성, 인물 형상화 및 문장 구사 능력 등이 주요 필수조건으로 설정되며, 시의 경우 내적 리듬과 이미지의 사용 능력 및 참신한 언어 구사 능력 등이 필수적인 요건으로 설정된다.

문제는 이러한 문단 시스템이 매우 전문적으로 분화된 그룹에게만 공식적인 작가로서의 글쓰기를 가능하게 강제하고 있다는 사실이다. 위에서 언급한 필수 조건들은 대학의 국문과나 문예창작학과, 혹은 대학에서 개설한 전문가 과정 등을 통해서만 습득 가능한 것들이다. 따라서 이들과는 다른 삶의 경로를 선택한 이들에게 문학 작품의 창작 가능성은 애초부터 봉쇄되어 있는 셈이다.

그런데 과연 이러한 기존 문단 시스템에서 자명한 것으로 간주되어온 문학만으로 문학의 다양한 영역들이 한정될 수 있는가? 예컨대 SF물이나 추리소설, 스릴러소설 등의 장르문학, 나아가 르포나 체험수기 등 논픽션 문학 등은 문학이 아니란 말인가? 적어도 기존의 단단한 문단 시스템에서 이들 텍스트는 본격문학의 미달태로 평가되어온 것이 사실이다. 그러나 대중들의 취향은 이미 고루한 근대 문학의 보수적 규범보다는 발랄한 기법적 실험과 삶에 밀착한 글쓰기 형식에 보다 많은 공감을 보이는 것 역시 분명한 사실이다.

앞서 언급한 것처럼 근대 문학 개념의 탄생은 문학-생산자와 문학-소비자 간의 분리와 위계화를 낳았다. 그리고 그 결과 대중은 문학의 수동적인 소비자로 전락했다. 그런데 인터넷 공간을 통한 다양한 게릴라적 글쓰기는 이러한 경계 자체를 붕괴시키는 효과를 낳고 있다. 귀여니의 텍스트가 의미를 지니는 것은 텍스트의 내적 규범들, 예컨대 플롯의 완결성이나 인물 형상화, 적절한 주제의식의 표출 등에 의한 것이 아니다. 오히려 그 또래 청소년들 누구나 공감할 수 있고, 또 누구나 쓸 수 있는 텍스트가 '문학'으로 호명될 수 있다는 가능성을 보여준 것이야말로 귀여니가 지니는 문제성이다. 더불어 텍스트 생산 과정에서 독자들의 리플을 비롯한 다양한 발화들이 텍스트의 전개에 직접적으로 개입되는 일종의 집단 창작의 형식이 실험되었다는 점 역시 충분히 강조되어야 한다. 이러한 텍스트의 생산 '과정'의 민주주의적 발현을 통해 귀여니의 텍스트는 대중의 공감을 획득할 수 있게 되었다.

귀여니가 청소년 집단의 구체적인 일상을 일종의 집단 창작의 형식을 통해 실감의 영역에서 구현한 경우라면, 이후 SF, 추리, 팬픽, BL 등의 매니아적 장르'들'이 인터넷 상에서 활발히 생산-유통되는 것은 대중의 취향의 분화를 반영한 경우로 볼 수 있다. 1990년대 이후 이전 시기 저항문화적 텍스트가 급감하면서, 취향의 '획일화'가 강요되었다. 이에 대중들은 하위문화를 통한 구별짓기의 취향을 나름의 방식으로 발현하기 시작했다. 문학의 영역에서도 이러한 취향의 사회학이 진행된 바, 일련의 장르문학적 흐름이 이를 대표한다. 특히 이들 장르문학의 흐름에서 주목되는 것은 주류적인 코드로부터의 일탈을 강조하는 텍스트가 광범위하게 생산-유통되었다는 사실이다. SF나 추리, BL, 팬픽 등은 기존의 문화적 코드 자체를 상대화시키는 효과를 낳는다. 이러한 텍스트들은 하위문화가 지니는 구별짓기의 전략의 매개로서 대중들에게 활용되었다. 특히 이들 텍스트들은 매우 전문적인 지식에 기반을 두고 생산되는데, 이 지식의 공유가 이루어지는 일종의 게토들이 활성화된다는 점에 주목할 필요가 있다. 이들 게토들은 보기에 따라 '오타쿠'적 경향을 강하게 나타내는데, 바로 그 점 때문에 규범적인 문화적 코드로부터 철저히 일탈하기 위한 스타일들을 서로 공유하며 재생산하는 역할을 수행한다. 그 결과 장르문학은 지배적인 문화 규범 자체를 전복하는 구별짓기의 전략으로 활용될 가능성을 내재하고 있다.

비단 이들만이 아니다. 2011년 신자유주의에 저항하는 상징으로 기능한 민주노총 김진숙 지도위원의 고공 농성의 최대 무기는 다름 아닌 SNS이었다. 크레인 위에 고립된 김진숙 지도위원의 농성은 SNS를 통한 대중과의 커뮤니케이션을 통해 고립에서 연대로 확장될 수 있었다. 농성 과정에서 사측이 가장 두려워 한 것 역시 김진숙 지도위원이 SNS를 통해 표현한 짧은 메시지들이었으며, 희망 버스 투쟁을 가능하게 한 것 역시 김진숙의 팔로워들의 자발적인 연대의 의지였다. 김진숙 지도위원의 고공 농성의 구체적인 결들을 담은 이 짧은 메시지들은 문학이 아닌가? 어쩌면 어떠한 기존의 문학적 규범에도 구속되지 않으면서도, 가장 문학적인 감동을 준 것이 바로 김진숙 지도위원의 이토록 짧은 트윗들은 아닌가?

이처럼 게릴라적인 글쓰기 형식들은 매우 다양한 양상으로 분화되어 나타나고 있다. 중요한 것은 이들이 기존의 문단 시스템에서 체계적으로 배제되어온 것들의 귀환을 가능하게 만들고 있다는 점이다. 그리고 그것이 소수 엘리트 층에게 국한된 문학 생산자의 역할을 다수 대중에게 돌려주고 있다는 점은 충분히 강조되어야 한다. 실상 우리가 알고 있는 문학이란, 너무나 좁은 범주의 글쓰기 형식일는지도 모르기 때문이다.

4. 망딸리떼의 텍스트 구조 생산

이러한 변화의 근저에 놓여 있는 대중의 망딸리떼의 변화는 이른바 '본격문학'에도 큰 영향을 미치고 있다. 대중의 망딸리떼는 텍스트의 구조에 징후적으로 반영되어 나타나고 있으며, 많은 작품들은 이에 대한 고려 없이는 그 의미가 온전히 해명되기 어렵다. 예컨대 2000년대 최고의 베스트셀러로 꼽힐 만한 신경숙이나 공지영, 김훈 등의 텍스트들은 텍스트 내적 구조의 측면에서 대중의 망딸리떼를 반영하고 있기 때문에 이와 같은 인기를 끈 것으로 볼 수 있다.

신경숙의 『엄마를 부탁해』의 대중적인 인기는 사실 전근대적 모성성을 환기시키는 텍스트 구조에 기인하는 것으로 판단된다. 이 작품의 트릭은 자칫 진부하기 쉬운 모성성을 다수의 관점에서 서술하는 구조에 있다. '엄마'의 모성성은 엄마의 입장에서 서술되는 것이 아니라, 아들, 딸, 아버지 각각의 관점에서 따로 회상된다. 더욱이 마지막 부분에서는 죽어 유령이 된 어머니의 자기 고백적 진술이 이어지면서 형식적으로 진부해보이는 모성성에 대해 다각적인 서술이 진행되는 기법을 사용하고 있다. 그 결과 이 작품을 읽는 독자는 자신의 입장, 즉 아들, 딸, 아버지, 혹은 어머니의 입장뿐 아니라 다른 가족 구성원의 입장에서도 모성성을 확인하는 효과를 얻는다. 이러한 구성상의 트릭이 진부한 모성성에 대한 스토리 진술에 다성성(多聲性)을 부여하는 듯한 느낌을 준다는 점이 이 작품의 성공 요인 중 하나이다.

그런데 이와 같은 작품의 구조적 트릭에도 불구하고 각각의 인물들에 의해 진술되는 어머니의 모성성은 일반적인 가부장제 이데올로기의 그것, 즉 가족을 위해 자신의 욕망을 억압하고 희생하는 어머니 상과 크게 다르지 않다. 기실 모성성 이데올로기에 대한 재현은 비단 문학 뿐 아니라 TV 드라마나 영화 등의 보다 대중적인 형식으로 광범위하게 유통된 바 있으며 그 자체로는 대중들에게 더 이상 흥미를 끌기 어려운 소재이기도 하다. 그럼에도 불구하고 이 작품은 2000년대 한국문학 시장에서 예외적으로 폭발적인 인기를 끌었다. 이는 한 편으로는 어머니에게 일방적인 희생을 강요하는 모성 이데올로기에 대한 잠재된 부정 심리와 다른 한 편으로는 점차 가속화되어가는 무한경쟁 시스템의 일상화로부터 도피하고자 하는 심리 모두를 이 작품의 트릭이 충족시켜주기 때문이다. 즉, 다층적 서술 기법, 특히 어머니 스스로의 발화를 통해 가부장적 제도에 의해 강요된 모성성으로부터 벗어난 듯 '착시'하게 만드는 형식이 어머니의 무조건적 희생이라는 가부장적 현실을 외면하게 만드는 효과를 만든다. 동시에 이러한 심리적 안전판 위에 일상을 잠식하는 신자유주의 시스템으로부터 도피하려는 욕망이 투영된다.

따라서 신경숙의 『엄마를 부탁해』가 거둔 대중적인 성과는, 결국 이 작품이 지닌 텍스트 구조 상의 '트릭'에 기인하는 셈이다. 진부하고 나아가 비윤리적이기까지한 가부장적 모성성을 은폐하면서 모성성이 제공해주는 '위안'의 기능을 수행하는 것. 이러한 트릭이야말로 이 작품의 성공 요인인 동시에, 대중의 이중적인 망딸리떼가 텍스트 구조에 징후적으로 반영된 결과이기도 한 셈이다.

이러한 트릭은 공지영의 『우리들의 행복한 시간』의 경우에서도 발견된다. 이 텍스트는 일종의 이중적 구성을 취하고 있다. 기본 스토리 라인은 여주인공의 시점에서 서술되지만, '블루 노트'라는 소제목으로 중간 중간 삽입된 사형수의 편지로 인해 대화적 형식을 취한 것으로 보인다. 이로 인해 사형수-타자에 대한 일반인-우리의 일방적인 동정이나 연민이 아니라, 사형수 스스로의 발화를 통한 따뜻한 '연대'의 가능성을 느끼게 해준다는 점이 이 작품이 대중들에게 큰 인기를 끈 요인 중 하나일 것이다(물론 이보다 더 직접적인 요인은 작품의 영화화로 인한 스크린 셀러 효과일 것이다).

그런데 정작 작품에 제시된 사형수의 편지는 사회적 억압 구조의 최하층에서 구조적으로 '만들어진' 폭력의 희생자의 발화라고 보기에는 지나치게 '순치'되어 있다. 오히려 이 편지는 일반인-우리의 관점을 통해 '교화'되는 사형수의 변화 과정을 충실하게 기록한 텍스트에 가깝다. 결국 이러한 구성은 한 편으로는 사형제도에 대한 우리 스스로의 성찰을 가능하게 만드는 계기를 제공하지만, 역으로 일반인-우리의 관점에서의 교화를 충실히 이행하는 스테레오 타입화 된 사형수 이미지를 통해 안온한 일상의 범주 자체를 넘어서지 않는 온순한 문제제기로 그 성찰을 한정짓는 장치로 기능하기도 하는 셈이다. 그리고 이러한 구성의 대중적 성공은 일상의 안온함을 벗어나지 않는 한도 '내'에서의 성찰까지만, 딱 그곳까지만을 수행하고자 하는 대중의 망딸리떼를 적절한 선에서 충족시켜주는 트릭에 의한 것이다.

김훈의 일련의 역사소설들이 강한 허무주의적 세계 인식을 보여준다는 점은 이미 여러 논자들에 의해 지적된 바 있다. 그런데 이것만으로는 김훈의 작품들이 거둔 대중적인 성공을 설명하기 어렵다. 사실 김훈의 작품들은 그 자체 만으로는 대중적인 요소를 그다지 많이 지니고 있지 않기도 하거니와, 더구나 쉽게 읽히는 단선적 스토리 라인보다는 복합적인 인물 내면의 묘사가 주를 이루는 경우가 많기 때문이다. 이는 바꾸어 말하자면, 김훈 신드롬이 만들어진 대중적 망딸리떼가 그의 텍스트 '외부'에 존재한다는 것을 반증하는 것이다.

이 중 특히 김훈의 출세작이기도 한 『칼의 노래』는 작품 내적인 특성이 대중적인 미디어와 결합되어 새로운 의미 부여가 이루어진 텍스트라는 점에서 흥미롭다. 주지하다시피 이 작품이 대중적인 인지도를 확보하게 되는 것은 고(故) 노무현 대통령의 탄핵 국면과 밀접한 관련을 지닌다. 당시 한 버라이어티 형식의 TV 프로그램에 출연한 고 노무현 대통령이 최근 읽고 있는 책으로 이 작품을 꼽으면서 대중적으로 엄청난 반향을 얻게 된 것이다. 즉, 이 작품의 대중적 성공의 큰 요인 중 하나는 제도 정치 내 기반이 부족한 대통령에 대한 사상 초유의 탄핵이라는 정치적 '사건'과 이 작품의 허무주의적 성격이 절묘하게 결합된 것으로 추정할 수 있다. 김훈

특유의 허무주의적 세계 인식이 기득권을 지닌 정치세력에게 탄핵 당한 대통령의 사정과 오버랩되면서 독특한 해석의 여지를 만들어낸 셈이다.

이러한 사례들은 기존의 문학 소비자로서의 대중의 개념으로는 해명되기 어렵다. 그리고 작가의 창조적 산물로서의 문학 작품이라는 개념으로도 해명되기 어렵다. 특히 주목되는 것은 대중의 망딸리떼가 텍스트의 구조적 층위에서도 다양한 방식으로 투영되고 있다는 점이다. 물론 그것이 과연 '좋은' 문학을 추동하는 힘으로 작동하고 있는가에 대해서는 다양한 견해가 있을 수 있다. 그러나 적어도 대중이 이른바 '본격' 문학 텍스트의 구조를 창출하는 새로운 메커니즘이 급격히 형성되고 있으며, 이러한 구조를 반영한 텍스트들이 다시 대중적인 성공을 거두고 있다는 것만은 분명한 사실이다. 그리고 단순히 대중의 망딸리떼의 반영에 만족하는 것이 아니라, 이를 급진화하는 문학 텍스트는 어떻게 형성 가능한가에 대한 논의가 필요한 시점이라는 것 역시 분명한 사실이다.

5. 문학-소비자에서 텍스트-생산자로의 이행 가능성

그렇다면 근대적인 문학-소비자 개념이 점차 붕괴되고, 새롭게 텍스트-생산자로서의 대중이라는 개념이 등장하고 있다고 할 수도 있을 것이다. 그들은 한 편으로는 블로그나 미니홈피, SNS, 혹은 인터넷 동호회 등의 공간을 통해 다양한 방식의 게릴라적 글쓰기를 수행하며 작가와 독자 간의 전통적인 위계질서를 가로지르고 있다. 동시에 다른 한 편으로는 대중의 망딸리떼를 기존의 '본격' 문학 작품의 구조에 투영시키면서 새로운 문학 개념을 제기하기도 한다.

논점은 결국 이러한 변화를 어떻게 바라볼 것인가, 나아가 문학은 어떠한 방향으로 스스로 진화해야 하는가로 모아진다. 나는 이러한 변화 자체를 거부하며 자폐적인 문학의 성으로 은둔하는 것도, 역으로 변덕스럽고 모호한 형태로만 존재하는 대중을 새로운 문학의 주체로 절대화시키는 것도 큰 의미를 지니지 못한다고 생각한다. 이러한 주장들은 정반대의 것처럼 보이지만, 결과적으로 선험적인 비평적 개념으로 현재 독자의 변화를 환원시킬 위험을 공유하고 있기 때문이다.

따라서 오히려 구체적인 사례로부터 귀납적인 방식으로 새로운 텍스트-생산자로서의 독자 모델을 그려보는 것이 보다 생산적인 논의가 아닐까 싶다. 위에서 언급한 사례들은 이러한 논의를 진전시키기 위한 징후들로서 의미를 지닐 것이다. 다만 한 가지, 텍스트-생산자로서의 독자의 이행 가능성의 전제를 다시 한 번 확인하는 것이 필요하다.

단순히 독자 스스로가 정전화된 '작품'을 재해석하거나 다시-쓰기의 작업을 수행한다고 해서 이를 텍스트-생산자의 모델로 간주할 수는 없다. 그리고 대중의 망딸리떼가 텍스트 구조에 투영된다고 해서 이를 텍스트-생산자의 새로운 순기능으로 평가할 수는 없다. 대중들에게 승인받는 재해석이나 다시-쓰기의 텍스트는 억압된 대중의 정치적 · 문화적 무의식을 카니발적인 형식으로 표출시킨 것으로 한정되어 나타난다는 점에 주목해야 한다. 나아가 대중의 정치적, 문화적 무의식은 규범적 문화 코드에 의해 종종 순치된 형식을 넘어서지 못한다는 점 역시 유의해야 한다.

문제는 대중이 하나의 통일된 단단한 주체가 아니며, 특정한 국면에서 텍스트와의 부딪힘을 통해 사건을 만드는 순간 비로소 텍스트-생산자로 호명되는 존재라는 사실이다. 그리고 이 호명을 가능하게 만드는 것은 몇몇 문화적 엘리트의 완결된 기획이 아니라 예견치 못한 상황에서 돌출하는 집단지성의 힘이라는 사실이다. 더불어 잊지 말아야 할 것은, 광장에서 빛나던 집단지성은 종종 급속히 안온한 일상으로 침잠하기도 한다는 역사적 사실이다. 정확히 이 지점에 문학-소비자에서 텍스트-생산자로의 이행의 가능성과 한계가 놓여 있을 것이다.

대중의 심성구조 변화와 전복적 미학의 가능성

1. 99%의 심성구조와 텍스트의 변증법

문학이 하나의 예술 장르로 존재할 수 있는 것은, 대중의 심성구조를 징후적으로 재현한 텍스트들이 돌출되고, 이들 개별적 텍스트들을 의미화하려는 미학적 기획이 유의미한 진리-효과를 생산함으로써만 가능하다. 바꾸어 말하자면 문학은 독립적인 하나의 개별 '작품'의 형식으로 존재하지 않는다. 대중의 심성구조의 징후적 재현과 이에 대한 미학적 기획이 역동적으로 순환되며, 다시 대중의 심성구조 자체를 급진적으로 변화시키려는 기획으로 변증될 때, 비로소 문학은 사회적 장(場)에서 그 의미를 획득하게 된다. 따라서 문학 개념을 고정된 것으로 설정하는 것은 오인일 따름이다. 문학은 계속해서 자신의 범주를 변화시켜왔으며, 지금 우리가 자명한 것으로 인식하는 문학 개념 역시 특정한 역사적 범주일 따름이다. 예컨대 르포나 수기 등의 텍스트는 1980년대 민중문학의 흐름 속에서 새로운 문학으로 호명되었는데, 이는 이들 텍스트들이 고착화된 문학 규범보다 먼저 변화된 대중의 심성구조를 징후적으로 재현하는데 성공했기 때문이다. 바꾸어 말하자면 지금, 대중의 심성구조를 읽어내지 못하는 텍스트들은 그 유효성을 상실한 채 점차 문학 장(場)의 외부로 밀려날 것이며, 역으로 이를 징후적으로 재현하는데 성공한 돌출적 텍스트들은 일련의 미학적 기획과 맞물려 대중의 심성구조 자체를 변화시키려는 기획으로 진전됨으로써 새로운 문학의 위상을 정립하는 데 기여할 수 있을 것이다.

2000년대 이후 문학과 현실간의 관계를 복원하기 위한 다양한 비평적 논의들은 그 문제제기에 비해 정작 구체적인 비평적 성과를 남기는 것에는 부족함이 있는 것이 사실이다. 이들 다양한 비평적 논의들은 결과적으로 추상적 심급의 관념론으로 귀결된 감이 있다. 특히 과잉된 문제설정에 비해 구체적인 텍스트와 대중과의 변증적 관계를 추적한 논의는 거의 없는 것이 사실이다. 분단체제의 변화 속에서 문학을 사유하자는 '6 · 15 시대의 문학'론은 결국 모든 한국 문학은 한반도의 정치적 맥락과 떨어져 사유할 수 없다는 다소 고루한 논의로 귀결되었다.[1] 시와 정치의 관계를 묻는 가운데 대두한 '감성의 분할'에 대한 논의 역시 결국 모든 문학 텍스

1 몇몇 진보적 문학'진영'에서 제기된 '6 · 15 시대'라는 규정 자체가 다소 무리한 기획은 아닌가 싶다. 자세한 논의는 차치하더라도(기실 6 · 15 선언에 대해 진보진영은 냉철하고 이성적인 대응보다는, 다소 감상적인 대응을 보인 것이 사실에 가까운 것은 아닌가 싶다. 이에 대한 논의는 별도의 지면이 필요할 것이다.), 이러한 규정 자체가 다양하게 분화되어 존재하는 99%의 분노와 저항을 단일한 프레임으로 환원시키는 경향을 지닌 것은 분명한 사실로 판단된다. 예컨대 박민규와 배수아, 신경숙 등 각기 다른 문학적 경향을 보여주는 작가들을 무리하게 하나의 프레임으로 호명하려는 기획 자체가 일종의 환원론적 혐의를 벗어나기 어렵다고 판단된다.

트들은 정치적일 수밖에 없다는 클리쉐로 귀결되었다.[2] 나는 이러한 비평적 공전이 상당 부분 관념론적 미학에 대한 집착에 기인한다고 생각한다. 텍스트와 대중간의 역동적 순환관계를 읽어내지 못한(혹은 않은) 채, 선험적인 '선언'을 반복하는 것은 결국 텍스트의 구체적인 물질성을 간과하는 관념론적 사유로 귀결될 가능성이 크다. 오히려 지금 우리에게 필요한 것은 완결된 형식의 '미학'이 아니라, 특정한 텍스트가 대중과 충돌하며 생성하는 '진리-효과'에 주목하는 것이 아닐까? 만약 우리에게 유물론적 미학을 새롭게 기획하려는 의지가 있다면 말이다.

그렇다면 지금, 문학과 현실의 마주침을 고민하는 이들에게 먼저 선행되어야 할 작업은 섣부르게 관념적인 대문자 미학을 주장하는 것보다, 진리-효과를 창출하는 배경인 대중의 심성구조를 파악하는 것일 수도 있다. 그리고 이로부터 귀납적이고 구체적인 방식으로 텍스트에 잠재된 전복적 미학의 가능성을 극대화하기 위한 프로젝트를 실천하는 것이 필요할 것이다. 이를 위해서는 현재 대중의 심성구조를 구성하는 요소들을 살펴보고, 그 특성을 직시하는 작업이 수행되어야 한다.

먼저 대중의 심성구조는 일차적으로 대중문화를 통해 직간접적으로 형성된다는 점을 지적할 필요가 있다. 특히 저항문화나 대안문화가 대중적

---

2 시와 정치, 나아가 문학과 정치를 둘러싼 논의가 결과적으로 현실 정치의 메커니즘에 대한 무기력한 방기와 개입 의지의 부재를 '미학'의 이름으로 정당화시킨 것은 아닌지 성찰해볼 시점은 아닌가 싶다. 비평의 영역에서 급진적인 수사가 난무했으며, 세련된 주체와 윤리의 문제설정이 대두했지만, 정작 이는 어디까지나 텍스트 '내부'로 문학과 정치의 관계를 가두는 경향을 '정치'라는 이름으로 재포장한 것에 멈춘 것은 아닌가? 기실 감성과 현실 정치의 영역을 선험적으로 분리하는 순간 이러한 결론은 이미 예정된 것이었는지도 모른다. 대중의 감성구조가 형성되는 현실 정치의 메커니즘을 간과하며 감성의 정치학을 논하는 것 자체가 이미 잘못된 문제설정이었다는 것이다.

영향력을 상당부분 상실한 현재, 대중의 심성구조에 대중문화가 미치는 영향력은 절대적이다.[3] 이와 관련하여 다양한 새로운 문화 콘텐츠의 등장과 문화적 환경의 급변이 대중문화의 영역을 매우 넓게 확장하도록 했다는 점, 그리고 이로부터 대중의 문화적 감수성의 변화가 추동되고 있다는 점을 상기할 필요가 있을 것이다.

그런데 이러한 대중문화 수용을 통한 심성구조 형성의 심층에는 현실을 규정하는 정치적 · 사회적 메커니즘이 작동하고 있다. 모두가 아는 것처럼 현재를 규정짓는 정치적 · 사회적 메커니즘은 신자유주의적 사회 재편으로 요약된다. 이는 대중의 심성구조에도 결정적인 영향을 미치고 있다. 특히 주목해야 하는 것은 신자유주의적 사회 재편의 과정에서 대중은 양가적인 심성구조를 형성하고 있다는 사실이다. 일차적으로는 무한경쟁에서 살아남아야 한다는(외부에서 강요된) 비루한 욕망이 전면화된다. 이는 특히 이른바 '88만원 세대'에게서 더욱 강하게(그리고 절실하게!) 나타나는데, 일상적인 스펙관리와 경쟁원리의 체화가 이를 단적으로 보여준다. 그러나 다른 한 편으로는 경쟁에서의(이미 예정된) 탈락에 대한 불안이 내재되어 있다. 이미 상위 20% 가량의 집단만이 비교적 안정적인 일자리를 확보할 수 있으며, 이러한 격차는 더욱 심화되어 1%에게 사회적 부가 독점되는 현실로 나타나고 있다. 특히 이미 유년기 때 부모세대의 IMF

---

3 물론 저항문화나 대안문화가 사라진 공간을 하위문화가 대체하는 경향이 나타나고 있다. 그러나 지배문화적 성격을 지닌 대중문화에 비해 그 영향력은 아직 미비한 것이 사실이며, 하위문화의 특성상 어떠한 지향으로 전개될지 예측할 수 없다. '구별짓기' 전략을 통한 하위문화의 전위적 성격은 대중의 심성구조와의 관계 속에서 그 구체적 전개 양상을 추적할 수 있을 뿐이다. 다만 최근 두리반 투쟁이나 희망 버스 투쟁 등에서 하위문화적 경향의 예술인들이 (어떤 측면에서는 저항문화를 지향하는 예술인들보다도) 강한 저항성을 표출했다는 점은 주목을 요한다.

체험을 목도한 현재 20~30대 젊은 층에게는 항시적인 불안의 심성구조가 잠재되어 있다. 그리고 이는 비단 '88만원 세대' 뿐만이 아니라, 절대 다수의 사회 구성원이 공유하고 있는 심성구조이기도 하다.

그 결과 모순된 감성구조의 기형적 공존이 현재 대중의 심성구조의 가장 큰 특징으로 나타난다. 대중은 일상적으로는 생존에의 욕망에 다른 가치를 종속시키는 경향을 표출한다.[4] 그러나 우발적인 정치적 '사건'을 통해 종종 자신의 불안을 사회 구조에 대한 비판과 다른 개체와의 연대를 통해 극복하려는 의지를 표출하기도 한다. 특히 대중의 자발적인 의사표현 구조가 다양한 방식으로 등장하면서, 이들의 불안은 종종 우발적인 네트워킹을 통해 그 급진적 성격을 폭발적으로 표출하기도 한다.[5]

따라서 현실과의 긴장감을 확보하려는 문학은 대중의 심성구조에 조응하면서, 이를 급진적으로 전화시키기 위해 개입하는 미학적 실천을 전개할 필요가 있다. 이는 지금 현재 우리 문학에서 파편적인 방식이지만, 매우 활발하게 진행되고 있다. 이 글은 최근 징후적으로 99%의 심성구조를 재현하고, 이로부터 문학의 전복적 상상력을 복원하려는 실험들을 일별

---

4 이런 관점에서 김훈의 '먹고 사는 일의 비루함'과 그 '허무함'에 대한 형상화나, 신경숙의 현실에는 존재할 수 없는 농경사회적 모성성의 정서에 대한 신파적 호소가 대중적으로 큰 반향을 일으키고 있다는 점을 해석할 수도 있을 것이다. 그러나 이러한 경향은 결국에는 대중의 심성구조를 변화시키려는 미학적 시도가 아닌, 오히려 현실의 신자유주의적 사회 재편을 극복 불가능한 절대적인 것으로 강화하는 것에 멈추고 있다는 점에서, 그리고 대중의 심성구조의 다른 축인 항시적인 불안을 대리보충의 형식으로 손쉽게 해소시킨다는 점에서 매우 위험한 이데올로기적 효과를 창출하고 있다.

5 2008년 촛불시위의 시작이 여고생들의 인터넷상의 클럽과 블로그, 미니홈피 등과 (불특정 다수를 향한) 메신저 등을 통해 시작되었다는 점, 그리고 2011년 한진중공업 정리해고 반대투쟁이 김진숙 민주노총 지도위원의 SNS와 김여진 등 소셜테이너를 통해 대중적 이슈로 부각되었다는 점 등을 상기할 필요가 있다.

하고자 한다. 이를 통해 신자유주의적 사회 재편의 강화 속에서, 문학이 대중의 심성구조를 전화시키기 위한 미학적 논의의 단초를 추출하는 것이 이 글의 목적이다. 다시 한 번 강조하지만 관념적 층위에서의 비평적 논의가 결과적으로 새로운 현실주의의 가능성을 보여주지 못한 원인 중 하나는, 바로 텍스트와 대중의 마주침을 매개하기 위한 실천적 비평의 부재이기 때문이다.

2. 대중문화의 전유를 통한 심성구조와의 조응

1990년대 이후 문화시장이 전면 개방되면서 대중이 일상적으로 접하는 문화 콘텐츠 역시 급격하게 변화했다. 지금 공중파 프로그램의 '대세'를 점하고 있는 서바이벌 프로그램은 이미 케이블 방송 등을 통해 넓은 매니아 층을 확보하고 있는 미국의 그것을 모방한 것이며, 퓨전 사극, 과학 수사극이나 오디션 프로그램 역시 마찬가지이다.[6] 이러한 지배적인 대중문화는 대중의 일상적인 감각을 통제하는 기능을 수행한다. 서바이벌 프로그램을 통해 무한경쟁의 '공정성'에 대한 신화가 만들어지며, 이는 곧 '불안'의 심성구조를 '욕망'의 심성구조로 '순치'하는 효과를 낳는다. 과학 수

6 서바이벌 프로그램은 케이블 TV를 통해 시청률이 검증된 후 공중파에서 전격화되었다. 〈프로젝트 런웨이〉나 〈도전 슈퍼모델〉등은 케이블 방송으로는 상당한 시청률을 기록한 바 있다. 그리고 케이블 방송 사상 최고 시청률을 기록한 〈슈퍼스타 K〉는 〈아메리칸 아이돌〉을 모델로 한 것이며, 이는 이후 공중파에서 〈위대한 탄생〉이나 〈K-Pop 스타〉 등으로 반복된 바 있다. 〈싸인〉 등의 추리 수사물 역시 〈CSI〉의 매니아 층을 타겟으로 만들어진 성격이 강하다. 이는 미국의 대중문화적 경향이 우리나라에도 강력한 영향력을 행사하고 있음을 보여준다.

사극이나 법정 드라마는 지배권력에 의한 '정의'의 구현과 합리적 이성에 대한 절대적 신뢰를 체화하는 효과를 낳는다.

그러나 오히려 이 지점에서 문학의 전복성을 모색하려는 실험도 진행된다. 즉, 대중문화의 문법을 공세적으로 변용함으로써, 역으로 대중의 심성구조에 조응하며 이를 급진화할 가능성을 내재한 텍스트들로부터 이러한 가능성을 점검할 수 있을 것이다.

용산 참사를 다룬 텍스트들은 주로 강제 진압 과정에서의 폭력성을 규탄하는 성격을 강하게 표출하거나, 혹은 사회적 소수자로서의 철거민에 대한 추모의 예를 표현하는 것에 집중되어 있는 듯하다. 전자의 경우 신자유주의적 사회 재편에 대한 강도 높은 비판으로 이어지는 경향이 있고, 후자의 경우 철거민 뿐 아니라 다양한 사회적 소수자에 대한 관심을 표출하는 것으로 이어지는 경향이 있다. 그런데 이 글에서 주목하고자 하는 작품은 이와는 조금 다른 방식으로 용산 참사를 형상화한다. 손아람의 『소수의견』은 미국 법정 드라마 형식을 차용해서 용산 참사를 다루고 있다. 이 작품은 철거민-변호사 측과 국가-검사 측의 법정 공방을 통해 독자 스스로가 배심원의 입장에서 이 사건에 대해 판단하도록 요구한다.[7] 나아가 법정 드라마의 형식을 차용했기 때문에 이 작품에는 감상적인 층위의 철거민과 경찰의 죽음에 대한 접근이 최대한 절제된다. 대신 자본-권력-법-언론으로 이어지는 지배구조에 대한 냉철한 탐색과 그 중립성에 대한 논리적 비판이 진행된다. 그 결과 이 작품은 연민과 분노의 층위에서 재개발 문제를 다루는 것이 아니라, 독자로 하여금 논리적이고 이

---

7 시민사회단체를 중심으로 용산 학살 관련 재판을 국민참여재판을 통해 진행하고자 한 시도는 있었다. 그러나 재판부에 의해 기각되어 실제로는 배심원제 재판은 성사되지 못했다.

성적인 층위에서 용산 참사에 대해 '스스로' 판결하는 '주체'가 될 것을 요구한다. 이는 문학 작가-생산자에 의한 독자-수용자에 대한 '계몽'의 형식을 넘어, 독자 스스로를 정치적 판단의 주체로 호명하는 형식적 기제로 작동하고 있다는 점에서 주목되는 성과이다. 특히 지배문화의 형식을 차용하면서, 역으로 지배문화의 허위성을 폭로하는 이 작품의 전략은 상당한 문제성을 내포한다.

김선우의 『나는 춤이다』는 형식적 완결성의 측면에서는 다소 아쉬운 점이 있는 작품이다. 그러나 이 작품이 차용하고 있는 가상 역사 형식은 주목할 만하다. 2000년대 이후 김영하의 『검은 꽃』이나 김훈의 『칼의 노래』, 김연수의 『밤은 노래한다』 등의 작품을 통해 가상 역사 소설은 한국 소설의 주류적인 흐름 중 하나를 차지했다. 이러한 배경 중 하나로는, 대중문화의 영역에서 이른바 퓨전 사극이 활발히 유통된 것을 들 수 있다. 〈다모〉, 〈대장금〉 등을 시작으로 퓨전 사극은 딱딱한 정사(正史) 형식의 사극을 발랄한 역사적 상상력으로 대체하며 대중문화의 주요 코드 중 하나로 부상했다.[8] 이러한 대중문화적 토양과 역사 소설에 대한 인문학적 탐색이 결합되면서 역사 소설이 다수 창작-유통된 것으로 볼 수 있다.

그런데 대다수의 팩션은 '역사적 진실이란 존재하지 않는다'는 인식론적 허무주의나, '담론 투쟁에 대한 메타적 조망'이라는 관조자적 태도를 취한다. 그 결과 작가의 의도와는 무관하게 일종의 인식론적 불가지론, 혹은 현실에 대한 실용주의적 관점을 강화하는 효과를 생산한다. 이 과정

---

8 2000년대 이후 기록적인 시청률을 기록한 드라마 중 상당수는 퓨전 사극의 형식을 지닌다. 〈다모〉 〈대장금〉 〈태왕사신기〉 〈선덕여왕〉 〈뿌리 깊은 나무〉 〈성균관 스캔들〉 등을 예로 들 수 있을 것이다. 더불어 이들 드라마가 이른바 '한류' 흐름과 함께 문화 콘텐츠로 아시아 전역에 유통된 점 역시 기억될 만하다.

에서 왜 기존의 대문자 역사(History)를 해체해야 하는가에 대한 자의식이 뚜렷하게 나타나지 않는 점은 특히 아쉬운 지점이다.

김선우의 작품이 주목되는 것은 그녀가 최승희의 삶을 작품의 소재로 삼으면서도, 실제 작품 구성에서는 예월이나 민 등 역사적으로 발화할 수 없는 존재, 즉 이른바 서발턴의 역사를 최승희의 삶과 함께 복원하려는 구성을 취하고 있기 때문이다. 이 작품에서 최승희의 삶은 그녀의 일인칭 고백 형식 대신, 예월과 민을 비롯한 다양한 하위주체의 시점을 통해 서술되며, 이를 통해 대문자 역사에서 배제된 하위주체의 발화가 문학적 상상력을 통해 복원되는 효과가 생산된다. 이 작품은 퓨전 사극으로 대표되는 대중의 문화적 코드와 조응하면서도, 역사에 자신의 이름을 남길 수 없는 하위주체들의 이야기를 복원하는 구성을 취하고 있는 사례로 기억될 필요가 있다.

서효인의 몇몇 시들 역시 언급할 필요가 있다. 그는 하위문화적 코드를 텍스트에 적극적으로 도입하여 활용한다. 흥미로운 것은 하위문화적 코드가 지배문화에 대한 '구별짓기'를 수행함으로써 일정한 저항적 성격을 획득하는 양상이 두드러진다는 점이다. 그는 오락인 〈Street Fighter〉를 차용하여 "햇빛이 강한" "밝고 리얼한 거리"의 질서에서 배제된 "사방이 어두워 즐거운 오락실"[9]의 존재들의 정체성을 재구성한다. 나아가 이들의 언어를 복원하기 위해 '슬픈 열대'로 표상되는 "랑그만이 가득한 새로운 거리"의 지배적 언어 형식 대신, "뜨거운 파롤"의 가능성을 탐색한다.[10] 그의 시들은 하위문화가 규율권력으로 작동하는 지배문화로부터의 일탈을 가

9 서효인, 「거리의 싸움꾼」, 『소년 파르티잔 행동 지침』, 민음사, 2010.

10 서효인, 「메리메리 바나나 이산기(離散記)」, 위의 책.

능하게 만드는 정치적 · 미학적 전략으로 기능하는 사례를 보여주는 중요한 성과로 평가될 수 있을 것이다.

3. 분노의 파토스와 심성구조의 정치화

앞서 언급한 것처럼 현재 대중의 심성구조는 욕망과 불안의 기묘한 공존으로 특징지어진다. 그런데 신자유주의적 사회 재편이 심화될수록, 불안의 감성이 차지하는 비중이 점차 늘어나는 것은 필연적이다. 따라서 최근 텍스트들에 불안의 정조가 짙게 출몰하는 것 역시 필연적이다. 문제는 이 불안을 근본적으로 해소하기 위한 정치적 · 미학적 프로젝트가 존재하지 않으며, 이로 인해 불안은 곧 분노로 전화된다는 것이다. 이때 분노는 양가적 성격을 지닌다. 분노가 자신을 '루저'로 호명하는 사회 구조를 향할 때, 이는 정치적 급진성에 대한 욕망으로 전화될 가능성을 지닌다. 반면 분노가 자신보다 하위에 위치한 내부 식민지, 예컨대 이주노동자나 하층 여성, 저학력층 등을 향할 때, 이는 한국판 스킨헤드로 전화될 가능성을 지닌다.[11]

---

11 '88만원 세대'의 정치적 보수화 경향에 대해서는 이미 많은 논쟁이 있었다. 심지어 이른바 '20대 개새끼론'까지 제기된 상황이다. 그런데 정작 이들이 (만약 보수화되었다면) 보수화된 원인에 대해서는 대부분의 논의가 천편일률적인 세대론으로 귀결되는 듯하다. 이들이 보수화되었다면 그 원인은 사실 매우 간단할 수도 있다. 과거 전투적 조합주의 운동의 상징이었던 현대차노조가 비정규직 투쟁을 압살한 채, 정규직 사원 자녀 우선 채용을 주된 교섭 의제로 설정하는 장면을 상기하는 것으로 충분할 것이다. 그 이전 세대(그러니까 현재 30대 초중반의 세대)의 경우, 전교조 합법화와 비정규직 제도화를 맞바꾼 민주노총의 1998년 노사정 대타협을 상기하는 것만으로도 이들의 정치적

이러한 관점에서 최근 분노의 파토스가 전면화되는 텍스트들이 주목된다. 김사과의 소설들을 관통하는 모티프는 모든 것들에 대한 분노이다. 이 분노는 명확한 지시대상을 지니지 않는다. 그렇기에 해소될 수 없는 성질의 것이기도 하다. 만약 분노의 원인과 대상이 가시적으로 드러나는 현실이라면, 분노는 이에 대한 대안적 기획을 통해 해소될 수 있을 것이다. 문제는 지금 현재, 신자유주의적 사회 재편에 대한 투명한 저항의 로드맵을 그 누구도 제시할 수 없다는 자명한 사실이다. 이는 김사과의 텍스트들에 나타나는 분노가 종국에는 '나' 자신에게까지 향한다는 것에서 확인된다. 그녀의 소설은 플롯의 부재와 에피소드의 전면화를 특징으로 삼는데, 이는 분노가 분출되는 순간을 극적으로 형상화하기에 적합한 형식이다. 이러한 분노의 파토스는 곧 정치적 급진성에 대한 욕망과 지배질서에 대한 부정으로 이어질 가능성을 내재하고 있다는 점에서 주목된다.

최진영의 『당신 옆을 스쳐간 그 소녀의 이름은』은 매우 흥미로운 작품이다. 일반적인 (청소년의) 성장 소설의 문법이 가족과 학교 제도로부터의 충동적인 일탈과 귀환의 플롯을 지니는데 반해, 최진영의 작품은 가출이 반복되는 구성을 취하고 있다. 작중 주인공은 '진짜 엄마'를 찾기 위해, 시장통으로, 철거촌으로, 원조교제의 현장으로 계속해서 가출을 감행한다. 그 결과 신자유주의적 사회 재편의 구조에서, 성장이란 곧 자본주의적 주체화를 승인하는 과정임을 인식한다. 이 작품의 결말이 타락한 성인과의 대결로 인한 주인공 소녀의 죽음으로 끝나는 것은 이러한 맥락에서 의미심장하다. 기실 자본주의적 주체화 과정이란, 분노의 감성을 생존에

보수화는 필연적인 결과임을 짐작할 수 있을 것이다. 물론 이들이 실제로 정치적으로 보수화되었다면 말이다. 바꾸어 말하자면 만약 이들이 분노의 심성구조를 한국판 스킨헤드의 형식으로 표출한다면, 이는 결코 이들의 책임이 아니라는 것이다.

의 욕망을 통해 억압하는 훈육 과정에 다름 아니기 때문이다.

이들 텍스트들은 불안과 분노의 심성구조를 급진적 방향으로 분출시키려는 미학적 개입을 통해 새로운 저항문화의 중요한 사례로 기능할 수도 있을 것이다. 여기서 분노의 파토스에 적극적으로 개입하여 이를 급진적 봉기로 이끌 것인지, 아니면 이를 방관한 채 한국판 스킨헤드의 출현을 목도할 것인지는 온전히 우리의 몫이다. 확실한 것은 지금 대중의 분노는 임계점으로 치닫고 있다는 사실이며, 이에 대한 우파적 안전판으로서 내부 식민지는 착실히 준비되고 있다는 사실이다.[12]

4. 환타지 양식의 도입과 욕망의 복원

한 편으로 버츄얼 리얼리티가 문화적 배경으로 새롭게 대두하고 있다는 점 역시 간과할 수 없는 징후이다. 인터넷의 보편적 보급과 3D 영상의 도입, 각종 가상 현실 프로그램에 기반을 둔 문화 콘텐츠의 확산은 기존에 자명한 것으로 간주되어온 '현실'과는 다른 '현실'을 구축하고 있다. 이러한 경향은 젊은 세대일수록 강하게 나타나며, 시간이 흐를수록 훨씬 강력한 영향력을 행사할 것으로 보인다.

특히 대중의 심성구조와 관련하여 가상 현실을 통한 욕망의 분출과 이

---

12 많은 정치적 이슈에 대해 '비교적'(어디까지나 다른 포털 사이트에 비해서 비교적일 뿐이다) 진보적 경향의 여론을 보이는 다음의 아고라에서도 단 한 가지 정치적 이슈에 대해서는 보수적 경향이 압도적이다. 그것이 바로 이주노동자와 다문화주의의 문제인데, 주된 논리는 이들이 한국 하층 계급의 일자리와 복지 수혜를 박탈하고 있다는 것이다.

에 대한 통제가 점차 강화되고 있다는 점이 주목된다. 지배적인 대중문화는 대중의 욕망을 적절한 수준에서 해소시키는 역할을 수행하며, 이를 통해 생존에의 욕망이 지배 구조에 대한 분노로 전화되는 것을 예방한다. 이를 위해 의사-현실에서 욕망을 실현하도록 만들며, 이 과정에서 무한경쟁의 메커니즘을 훈육하는 미션을 강제한다. 2000년대 이후 인터넷 상의 문화 콘텐츠 중 부동산 및 증권 투자 시뮬레이션 게임의 강세나 실제 라이프 스타일을 재현한 롤 플레잉 게임의 등장이 이를 단적으로 보여준다.[13]

이러한 지배적인 대중문화의 확장으로 인해 대중의 욕망은 생존의 층위로 국한되며, 나아가 이마저도 가상 현실의 층위에서 해소되는 메커니즘이 점차 형성되고 있다. 그 결과 실제 현실에서의 대중은 무기력하고 왜소한 존재로 전락한다. 이는 문학의 영역에서도 두드러지는데, 시에서의 자폐적 성향의 주체[14]의 대두나, 소설에서의 루저나 백수의 빈번한 형

---

13 도시 건설 시뮬레이션 게임 심시티의 심즈 라이프 시리즈로의 진화는 주목되는 현상이다. 심즈 라이프는 실제 돈을 벌고, 차를 사고, 집을 꾸미고, 이웃을 초대해서 파티를 벌이는 미국 중산층의 욕망을 그대로 재현하고 있다. 오히려 실제 현실보다 더욱 현실 같다는 느낌을 제공하는 것이 이 게임이 성공한 요인으로 지적된다. 더불어 바이 시티를 비롯한 부동산 투자 게임은 실제 경영 마인드의 육성(즉 경쟁에서의 승리를 위한 각종 스킬의 취득)을 유저에게 요구한다는 점에서 단순한 오락 이상의 의미를 지닌다. 이는 2000년대 초반 강남의 고급 사립 유치원에서 유행했던 증권투자 보드게임 어콰이어 교육 붐의 성인 버전이라고 할 수 있다.

14 오해 없기를 바란다. 나는 지금 시에서의 자폐적 주체에 대한 가치 판단을 내리는 것이 아니다. 다만 현상을 지적했을 따름이다. 다만 자폐적 주체를 새로운 시적 주체의 전형으로 평가하는 일련의 미학적 경향에는 동의하기 힘들다는 말을 덧붙인다. 무엇보다 자폐적 주체가 대두하는 컨텍스트적 맥락에 대한 분석이 생략되는 경향이 강하기 때문이다.

상화를 그 사례로 들 수 있을 것이다. 이는 대중의 심성구조와 연결시켜 논의할 때, 욕망의 상상력이 지배문화에 의해 잠식당하는 현실과 관련된 것으로 볼 수 있을 것이다.

이와 관련하여 최근 가상 현실이나 환타지의 형식을 텍스트에 적극적으로 도입하는 경향이 주목된다. 윤이형의 첫 번째 소설집 『셋을 위한 왈츠』에 수록된 몇몇 작품들, 특히 「피의 일요일」은 가상 현실 마저도 기실 자본의 논리에 의해 지배당하는 또 다른 훈육공간임을 매우 날카롭게 지적하고 있다. 나아가 이 작품은 온라인 게임 WOW를 변용하여 서사화함으로써 변화된 대중의 문화적 코드와 조응하는 효과도 생산하고 있다는 점에서 중요한 사례로 기억될 필요가 있다.

윤고은의 장편 『무중력 증후군』은 환타지가 기실 자본이 만들어낸 이데올로기적 가상에 불과함을 적절히 형상화하고 있다. 일반적으로 환타지가 지배질서로부터 억압된 무의식적 욕망의 카니발의 영역으로 인식되는 것에 반해, 이제 환타지 마저도 지배적인 이데올로기에 의해 잠식된 공간이라는 인식은 특히 이 공간에서 욕망에 대한 통제가 진행된다는 점에서 중요한 것으로 평가될 수 있다. 그녀의 소설집 『일인용 식탁』에 수록된 작품들 중 상당수는 현실의 결핍을 대리보충하기 위한 산물로서의 환타지를 거부한 채, 비루한 현실을 직시하는 독특한 환상과 현실의 교차 구성을 취하고 있다. 특히 「로드킬」의 경우 욕망의 영역을 교환가치로 영토화하려는 자본의 메커니즘을 적절한 알레고리를 통해 뛰어나게 형상화한 작품으로 평가할 수 있다.

염승숙의 소설집 『채플린, 채플린』과 『노웨어맨』에 수록된 작품들 역시 환타지적 양식을 강하게 보여준다. 그런데 주목되는 것은 그녀가 현실 법칙에서 억압된 존재들의 발화를 위해 환타지적 공간을 창출한다는 점이다. 이 공간을 통해 비로소 담론 장에서 발화할 수 없는 존재들의 이야기가 시작된다. 이러한 환타지는 강고한 현실 법칙의 '잉여'와 '결핍'으로 존재하는 낙오된 대중들의 삶을 새로운 방식으로 재현하기 위한 미학적 장치라는 점에서 보다 깊은 비평적 개입이 필요하다.

환타지적 양식은 기본적으로 현실 법칙에서 억압된 욕망의 표출을 가능하게 하는 특징을 지닌다. 그러나 최근 점차 환타지의 영역까지, 즉 정치적 무의식의 영역까지 통제하려는 훈육 기제가 강화되고 있다. 욕망의 상상력을 생존의 층위에 가둘 수는 없다. 그렇다면 우선 환타지의 영역을 잠식하는 자본의 메커니즘을 직시하고, 이로부터 현실에서 억압된 욕망의 정치경제학적 카니발을 다시 기획하려는 미학적 개입이 필요할 것이다.

5. 대중의 심성구조 변화와 전복적 미학의 가능성

문학과 현실의 관계맺음에 대한 논의는, 결국 문제적인 텍스트를 통해 대중을 저항 주체로 호명하는 메커니즘을 형성하고, 이로부터 대중에게 잠재되어 있는 정치적 급진성을 발현시키는 기제로서의 미학적 기획을 수립하는 것으로 귀결될 것이다. 그리고 이 미학적 기획은 다시 대중과 텍스트의 마주침의 양상을 통해 새로운 형식의 기획으로 변증될 때, 비로소 현실주의적 성격을 온전히 확보할 수 있을 것이다. 이런 면에서 볼 때, 지금까지의 다양한 미학적 논의들이 논의의 전제인 대중의 심성구조의 변화로부터 시작하는 것이 아니라 역으로 미학적 원리로부터 대중의 반응을 도출해내려는 관념적 성격을 지녔던 것은 아닌가라는 자기 성찰이 필요할지도 모른다.

분명 현재 대중의 심성구조는 급진화된 방향으로 분출되는 경향을 강하게 표출하고 있다. 규범적 문화질서를 조롱하는 팟캐스트 방송들에 대한 폭발적 반향은 곧 보수정치에 대한 거부 의지의 표명으로 진전되었다. 나아가 99%의 분노의 파토스는 1%를 향한 실현 불가능한 진입에의 환타지 대신 전 세계적인 금융자본 거점지에 대한 점거 운동으로 나타난 바 있다. 그리고 99%의 반격은 희망버스 투쟁이나, 청년유니온 운동, 대학거부 운동 등 다양한 대중의 자발적인 네트워크를 통해 폭발적으로 진행되고 있다. 그렇다면 이러한 대중의 심성구조와 마주치는 징후적인 텍스트들로부터 새로운 99%의 문학적 현실주의의 가능성을 모색하는 것이 비평의 몫이 아닐까?

이 글은 이러한 문제의식에서 출발했다. 급격하게 변화하는 대중의 심성구조와 이를 징후적으로 포착한 텍스트들로부터 유물론적인 방식으로 미학적 기획의 단초를 추출하고자 했던 것이 본래 이 글의 목적이었다. 물론 이 성근 글이 이러한 과제를 조금이라도 해명했다고 생각하지는 않는다. 그러나 기실 위의 문제제기에 대한 명료한 답안은 존재하지 않는 것이 당연할 것이다. 왜냐하면 그 답안은 누군가가 제시해주는 완결된 로드맵의 형식이 아니라, 우애로운 논쟁과 토론을 통해 함께 채워나가는 형식일 것이기 때문이다. 그리고 다름 아닌 여기가, 바로 로두스 섬이기 때문이다.

제2부

포스트 현실주의를 위한 언어들

이한 일이 벌어졌다. 대략 2010년을 전후한 시기, 텍스트주의에 함몰되어 있던 무기력한 비평담론이 급

하기 시작했다. 나는 이 논의가 매우 기이하다는 느낌을 떨치기 어려웠는데, 이는 바로 직전까지 시적 주체의 해체

로 폐기를 운위하던 일련의 주류적 비평담론이 마치 일종의 트렌드처럼 시와 정치의 문제설정을 자신의 것으로 점유했기

문제는 '다른' 언어다

– 유물론, (비)미학, 그리고 시와 정치의 문제

1. '시와 정치'를 둘러싼 논쟁이 남긴 것

기이한 일이 벌어졌다. 대략 2010년을 전후한 시기, 텍스트주의에 함몰되어 있던 무기력한 비평담론이 급작스럽게 '시와 정치'의 문제를 제기하기 시작했다. 나는 이 논의가 매우 기이하다는 느낌을 떨치기 어려웠는데, 이는 바로 직전까지 시적 주체의 해체와 현실주의적 상상력에 대한 폐기를 운위하던 일련의 주류적 비평담론이 마치 일종의 트렌드처럼 시와 정치의 문제설정을 자신의 것으로 점유했기 때문이다. 그러니까 바로 어제까지 미학적 아방가르드의 징후들을 고평하던 비평담론의 주체들이, 하루 밤 사이에 텍스트로부터 정치적 급진성을 추출하려는 문제설정으로 '전환'했다는 사실이 내게는 기이하게 느껴졌다. 왜냐하면, 당연한 말이지만, 이러한 전환을 위해서는 미학적 아방가르드의 문제설정을 부당하게 특화시키는 과정에서 '체계적으로' 배제/소거/추방된 정치적 급진성을 담지한 시들에 대한 재평가가 진행되어야 하기 때문이다. 이 과정이 생략된 채 이루어지는 시와 정치에 대한 고답적인 논의들은, 그러므로 적어도 내게는 비평적 진정성이 확보되지 않은 것으로 인지되었다.

기실 최근 몇 년간 시와 정치의 문제는 비평의 영역에서 중심적인 아젠다로 설정되었다. 그럼에도 불구하고 나는 이 아젠다가 과연 생산적인 비평적 논의를 생산했는가에 대해서는 부정적인 인상을 지우기 힘들다. 무엇보다 랑시에르의 이론적 틀을 특화시키면서 관념적 층위에서 작동하는 감성의 분할만을 일방적으로 강조하며, 정작 감성을 추동하는 구조에 대한 면밀한 천착, 그러니까 랑시에르의 어법을 빌리자면 치안의 영역이 지니는 물질성, 혹은 감성의 영역이 지니는 역사성의 문제를 간과한 점은 이 논의의 심각한 한계로 지적되어야 할 것이다. 굳이 랑시에르의 논의를 빌리지 않더라도 감성의 분할이 치안 영역의 구체적인 물질성을 기반으로 진행되는 계급재생산과 직결되어 있는 문제설정이며, 또한 감성의 영역 자체만으로도 이미 고유한 역사성을 통해 스스로의 작동 메커니즘을 내포하고 있다는 자명한 사실을 간과한 점은 이해하기 힘들다. 이러한 유물론적 관점이 결여된 미학적 논의가, 결국에는 '모든 좋은 텍스트는 그 자체로서 정치적이다'라는 클리쉐로 귀결되는 것은 이미 예정되어 있던 것이기도 하다.

결국 이제는 동어반복 이상의 의미를 지니지 못하게 된 시와 정치를 둘러싼 논의들은, 유물론적 (비)미학[1]의 갱신을 꿈꾸는 이들에게 다음과 같은 과제들만을 다시금 확인시켜준 셈이다. 감성의 구조는 어떻게 형성되

---

1 알튀세르의 어법을 빌린 표현이다. 유물론적 미학은 추상화된 이론이 아닌 현실에서의 이데올로기적 진리 효과를 추구한다는 점에서 그 자체로 모순적이다. 이 때문에 엘리티즘적인 관념론적 미학과 유물론적 미학을 구별하기 위해 (비)미학이라는 표현을 사용했다.

며 어떻게 운동하는가? 감성과 치안의 영역은 어떠한 방식으로 서로 겹치면서 출현하는가? 감성 구조의 역사성은 어떻게 발현되는가? 치안 영역의 물질성은 감성 영역에 어떻게 개입하는가? 그리고 이 모든 것의 총체로서의 텍스트는 어떻게 자신을 드러내는가?

이러한 질문들에 대한 모색의 시작은 시를 구성하는 언어에 대한 비판적 인식으로부터 가능할 것이다. 감성을 표출하는 기제가 언어이며, 치안의 물질성이 개입하는 제도가 언어이기 때문이다. 감성과 치안의 영역이 마주치는 물질이 언어이며, 텍스트가 자신을 드러내는 방식 역시 언어이기 때문이다. 바로 이에 대한 급진적 상상력으로부터 유물론적 (비)미학의 갱신이 새롭게 논의될 수 있을 것이다. 그리고 이 글은 문제적인 텍스트들로부터 '다른' 언어의 가능성을 읽어내기 위한 거친 문제제기일 따름이다.

2. 생산적 오독과 흐르는 언어

먼저 언어가 물질이라는 점을 분명히 해두자. 얼핏 투명하고 자명해보이는 언어는, 기실 사회적인 계급관계에 의해 구성된 기호체계이며 따라서 그 안에는 이질적이고 다층적인 모순이 결합되어 있다.[2] 굳이 사회언

2 2000년대 이후 이른바 '공감의 비평'이라는 수사(修辭)아래 다시 과거의 신비평에 가까운 비평적 독법이 대두한 점도 기이한 일이다. 이러한 비평적 경향은 종국에는 텍스트를 언어적 집합체로 환원시킨다는 점에서, 그리고 이 과정에서 언어가 지닌 물질적 성격을 간과한다는 점에서 신비평과 동일한 언어관을 대변한다. 이들 비평이 종종 텍스트에 함몰된 경향으로 귀결되는 것은 이러한 점에서 필연적인 결과이기도 하다.

어학적 논의를 빌리지 않더라도, 계급/젠더/지식 등의 중층적인 모순이 결합되어 구체적인 언어가 발화 가능하다는 점은 그 중요성에도 불구하고 종종 간과되어 왔다. 바꾸어 말하자면 언어는 모든 계층/집단에게 동일한 기호체계로 '평등하게' 작동하지 않으며, 그 안에서 상징자본의 형태로 작동하며 각각의 계층/집단 간의 위계서열화를 고착화하는 결과를 낳는다. 따라서 시와 정치의 관계를 고민하는 우리에게, 시를 구성하는 언어에 대한 비판적 인식은 매우 중요한 과제로 제기된다. 이런 맥락에서 백무산의 근작들은 재독해 될 필요가 있다.

> 헌책방에서 세계단편문학전집을 빌려보던 열일곱살 겨울 한권쯤 읽어둬야지 했던 건데 그만 열두권인가 열다섯권인가 한질을 중독처럼 내리 읽고 장편 두어권 읽고 나서 뭔가 틀렸다는 것을 알았다
>
> 누가 권하지도 않았고 도무지 관심도 없었던 문학책에 단숨에 빠진 일도 그렇지만 이백편 가까운 스토리가 제멋대로 엉킨 것이다 오 헨리 상체가 몸의 하체에 붙고 모빠상의 여자가 동물농장에 가 있고 체홉이 가게 이름인지 도시 이름이었는지도 헷갈렸다
>
> 하지만 시간이 지나자 그 혼란이 그리 나쁘지 않았다 세상살이가 소설처럼 만만치 않아서다 남의 생을 대신 사는 일도 종종 있는 법 나의 하품이 어느 누구에게 치명적일 수도 있는 일 누구 탓인지 알 수 없는 불행과 운명도 허다하고 내 삶에 온갖 삶이 섞여 있기도 하다는 것
>
> 아무래도 혼자 걸어온 길은 난독과 오독의 길이었다 난독은 습관이 되고 오독은 즐길 만했다 생물학을 읽으면서 정치적 문제를 고민하고 사회과학과 문학을 섞어서 읽고 물리학을 읽으면서 종교적 상상에 빠지기도 했다

하지만 내게 아무런 문제 생길 게 없었으나 목적 없는 독서라서 건성으로 갈 일도 없었으나 나는 모든 방향에서 갈증을 느꼈지만 어느 순간 열정이 꺾이고 말았다 치명적인 오독 때문이었다

나의 생을 잘못 읽고 있었기 때문이었다 나는 이미 낯선 곳에서 낯선 곳으로 던져졌고 책은 나를 거듭 해체하며 텅비게 하였으나 그런 나의 부재를 읽지 못했기 때문이었다 존재의 마지막 텍스트인 '부재'를[3]

백무산의 시는 시와 정치를 논하는 자리에서 매우 중요한 참조점이 될 수 있다. 무엇보다 그가 1980년대 시와 정치의 급진적 일치를 추구했던 시인이었으며, 시대의 변화 속에서도 나름의 방식으로 유물론적 (비)미학의 가능성을 모색하는 시인이기에 그러하다. 위의 시는 백무산의 언어에 대한 인식을 잘 보여준다는 점에서 주목된다.

"세계문학단편전집"은 엘리트적 언어의 문학적 표현의 총체에 다름아니다. 따라서 서발턴에 가까운 시적 화자가 이 텍스트들로부터 "혼란"에 빠지는 것은 필연적이다. 문화적 상징자본을 지니지 못한 이들의 언어와는 구별되는 것이 '정전(canon)'이 지니는 특징이기 때문이다. 그런데 흥미로운 것은 시적 화자가 이러한 "난독과 오독"을 통해 역으로 "내 삶에 온갖 삶이 섞여 있기도 하다는 것"을 인식하게 된다는 점이다. 즉, 서발턴의 '오독'은 나름의 문제설정에 의해 새로운 텍스트의 재구성으로 나아갈 수도 있는 셈이다. 그리고 이러한 새로운 텍스트의 생성은 엘리트적 언어가

3 백무산, 「난독과 오독」, 『그 모든 가장자리』, 창비, 2012. 이 글에서 인용하는 백무산의 시는 모두 이 책에 수록된 것이며, 앞으로 인용 시 괄호 안에 작품명만을 표기한다.

아닌 "나의 생"에 기반을 둔, 그리하여 엘리트적 언어로 구성된 텍스트의 "'부재'"를 읽음으로써만 가능하다는 인식 역시 백무산이 거둔 소중한 성과이다.

따라서 백무산이 새롭게 생성하는 텍스트의 언어가 투명하게 고정된 것이 아닌, 사회적 관계에 의해 흐르는 언어의 양상을 띤다는 사실은 주목될 필요가 있다. 이런 맥락에서 다음과 같은 시는 그의 시론으로 읽힐 수 있다.

> 움직이는 모든 것이 흐르는 것은 아니다
> 멈춤을 위한 부단한 노력이
> 멈춤을 위한 열정적 활동이
> 흐르는 모든 것을 포식의 대상으로 삼는 힘들이 있다
>
> 밟고 있으려는 활동
> 움직이지 못하게 하는 움직임
> 흐르는 것은 두렵고 흐르는 것에 본능적으로 분노하는
> 쌓기 위해 쌓는 제방의 기술자들
> 흐르는 것은 모두 포획의 대상인
>
> 절대를 향한 열광
> 무한 축적의 광적 욕망
> 미친 속도의 무한 질주
> 전쟁의 포화
> 권력을 향한 폭력 의지
> 흐름을 허망으로 만드는 힘들
> 흐름 위에 꽃을 피우지 못하게 하는 힘들
> 흐름 속을 날지 못하게 하는 힘들

흐름 위에 춤추지 못하게 하는 힘들
다시 태어나지 못하게 하는 힘들
죽음을 영원하게 만드는 힘들

움직이는 모든 것이 흐르는 것은 아니다
흐르는 것은 지배할 수 없고
쌓지 않으면 소유할 수 없어
저 열광하는 움직임은 흐름을 무너뜨려
높이 쌓는 행위다
저 광적인 속도는 흐름을 세우고 시간을 세워
수직으로 쌓는 과업이다

저 움직임은 하나의 목적,
멈추게 하려고
움직인다

—「멈추게 하려고 움직이는 힘들」, 전문

"멈추게 하려고 움직이는 힘들"은 언어의 영역에도 작용한다. 표면적으로는 생기발랄하게 "부단한 노력"과 "열정적 활동"의 양상으로 나타나는 형식들 중 상당수가 결과적으로는 언어의 물질성을 간과한 채 일종의 지적 유희로 전락하는 현 상황이 그러하다. 더욱이 이를 단단한 미학적 질서로 포획하려는 비평은 곧 형식주의적인 언어의 "절대를 향한 열광"이며 유물론적인 언어의 운동을 정지시켜 "수직으로 쌓는" 바벨의 기획이기도 할 것이다.

백무산의 근작들은 이와 같이 언어의 물질성에 대한 인식에 기반을 두고 있다. 그는 이를 통해 엘리트적 언어 체계의 '생산적 오독'과 '흐름으로서의 언어'의 실험을 보여준다. 이러한 실험은 언어의 층위에 깊이 구조화되어 있는 정치적 위계질서를 전복하는 진리-효과를 창출한다는 점에서 그 의미를 지닌다. 나아가 추상적 층위에서 전개된 시와 정치의 논의가 간과한 핵심인 언어의 물질성의 문제를 제기한다는 점에서 그 문제성은 더욱 크다.[4]

3. 도래하지 않은 미래와 겹침의 언어

언어의 물질성을 확인했다면, 그 언어를 매개로 표출되는 감성의 구조를 분석할 차례이다. 익히 알다시피 1980년대부터 시와 정치의 관계맺음을 가능하게 했던 감성의 구조는 적대와 연대의 이항대립적 형식으로 요약된다. 즉, 지배층에 대한 적대와 민중에 대한 연대의 감성이 텍스트의 문법으로 형성되면서 강력한 저항성을 표출하는 시적 형식으로 자리매김한 것이다. 그러나 2010년대, 이와는 다른 감성의 구조가 모색되어야 하는 것은 필연적인 과제이기도 하다. 황규관의 근작들은 적대와 연대의 이항대립적 감성 구조와는 구별되는 독특한 형식을 보여준다는 점에서 흥미롭다.

> 정치시라면 한때 넌더리를 낸 적도 있지만
> 정치가 더러우니 정치시는

---

4 여기서 백무산의 초기 시편들이 단순히 정치적인 메시지를 제기했기 때문에 중요한 시적 성과로 자리매김한 것이 아니라, 언어의 물질성에 대한 인식에 기반을 둔 독특한 시적 형식의 기획을 보여주었기 때문에 문학사적 '사건'으로 기록되었음을 상기할 필요가 있을 것이다.

정치와 무관한 언어로 써야 한다는
나의 무지를 조롱하는 언어 앞에서
나는 너저분한 생활을 변명 삼았다
타락마저 엉거주춤 일삼은 시간이
어떻게 시가 될 수 있을 것인가
일주일째 우리 부부는 침묵 중이다
허무를 모르는 어떤 주장도 신뢰하지 않기 때문이다
나도 정치가 더러운 것이라 배운 탓에
지금껏 분노는 알았지만, 식구들의 눈에는
단지 허름한 가장이었을 뿐
그러나 더러운 게 피가 된다
볕이 꺼지는 순간에야 사랑은 시작된다
박사학위 논문 장정처럼 모호한 이야기를
내가 이해하지 못하는 건,
그러므로 욕은 아니다
다만 이제 멋진 정치시를 쓸 나이가 되었는데
아직 진창을 모른다
이미 진창인데 아니라고 변명한다
그래서 핏물이 밴 정치시 한 줄 못 쓴다
끝내 완성되지 못할 정치시를
아내의 외면도 너끈히 견뎌내는
더러운 시를[5]

위의 시에서 김수영의 흔적을 읽어내는 것은 어렵지 않다. 김수영의 「서시」가 "첨단의 노래"에 대한 성찰과 "부엉이의 노래"의 도래, 그리고

5 황규관, 「더러운 시」, 『태풍을 기다리는 시간』, 실천문학사, 2011. 이 글에서 인용하는 황규관의 시는 모두 이 책에 수록된 것이며, 앞으로 인용 시 괄호 안에 작품명만을 표기한다.

"지지한 노래"와 "더러운 노래"와 "생기없는 노래"에 대한 이중적인 감성 구조를 기본 축으로 하고 있음은 널리 알려진 바와 같다. 김수영의 시세계에서 이 작품이 중요한 시사(詩史)적 의미를 지니는 것은 시에 대한 양가적 감정이 복수(複數)의 발화를 통해 겹쳐지는 독특한 구성을 지녔기 때문이기도 할 것이다.

황규관의 작품 역시 이와 유사한 구조를 지니고 있다. 시적 화자는 한 편으로는 "정치시라면 한때 넌더리를 낸 적도 있지만", 동시에 다른 한 편으로는 "이제 멋진 정치시를 쓸" 때라고 발화하기도 한다. 그리고 이는 "끝내 완성되지 못할 정치시"이며 "더러운 시"에 다름 아니다. 여기서 과거 시점에서 서술되는 "정치시"가 1980년대적인 의미의 그것이라면, 미래 시점에서 서술될 "정치시"는 아직 도래하지 않은 그것일 것이다. 따라서 이 "정치시"는 결국 "끝내 완성되지 못할 정치시"이기도 하다.

이 시에서 "정치시"는 세 겹으로 구성된 셈이다. 시제의 측면에서 과거와 미래, 그리고 그 중간에 끼어 있는 현재의 겹들이 그렇고, 인식의 측면에서 부정과 긍정, 그리고 그 중간에 끼어 있는 감성의 겹들이 그렇다. 이러한 시적 구성을 추동하는 동인은 분노와 성찰의 감성 구조이다. 그 분노 역시 세 겹으로 구성되어 있는 바, "정치가 더러"운 현실과 "정치와 무관한 언어"와 "나의 무지"가 분노의 실체이다. 그런데 이 분노가 다름 아닌 시적 화자의 시에 대한 인식으로 수렴된다는 점이 흥미롭다. 문제는 외부가 아닌 "아직 진창을 모"르며 "이미 진창인데 아니라고 변명하"는 시적 화자로 설정된다. 이로 인해 시적 화자는 지나간 과거("정치시라면 한때 넌더리를 낸 적도 있지만")와 도래하지 않은 미래("끝내 완성되지 못할 정치시") 사이에 낀 존재로 형상화된다. 이러한 시적 자기 인식은 시제의 겹침 속에서 현재의 자신의 좌표를 탐색하려는 의지로 작동한다. 왜냐하면 "별이 꺼지는 순간에야 사랑은 시작"되기 때문이며, 시적 화자는 "이미 진창"임을 인지하고 있기 때문이다. 그리하여 시적 화자는 "끝내 완성되지 못할 정치시"를 예비하는 존재로 전이된다.

노래는 입 모양을 동그랗게 하고
목젖을 훤히 보이며 부르는 게 아니다
노래는 어둠이 물결이 될 때까지
혼자 밤길을 걸으며 부르는 것

하모니를 이루며 웅장하게 부르는 건
노래가 아니고
國歌다

노래는 다 잃은 당신 가슴에다
꺽꺽 가락을 묻는 것
그래야 거친 벌판에 부는 바람이 된다
지금껏 쌓아둔 누더기가 화장된다

노래는 손 모양을 가지런히 하고
말끔하게 옮겨진 악보 따라 부르는 게 아니다
내가 당신을 만나 회오리가 되듯
공포를 뒤집어쓴 시간이 방언이 되듯
모멸로 타들어간 입술이
다만 한 방울 물처럼 달싹이듯
깊이 파인 눈빛에서 또 패배를 절감하듯

노래는
버림받은 영혼의 말더듬이다

언어를 빼앗긴 농성이다

그 후에 남은
칠삭둥이 민들레다

—「노래에 대하여」 전문

아직 도래하지 않은 미래를 예비하는 존재의 언어는 이와 같다. "말끔하게 옮겨진 악보"란 존재하지 않으며, 따라서 지금 낀 존재가 모색할 수 있는 최대치는 "언어를 빼앗긴 농성"일 따름이다. 여기에 명징하고 투명한 형식의 "하모니를 이루며 웅장하게 부르는" 언어가 개입할 여지는 없다. 그것은 이미 시스템에 의해 포획된 "國歌"의 형식이기 때문이다. 지금 낡은 것으로 경화된 과거와 아직 도래하지 않은 미래 '사이'의 "공포를 뒤집어쓴 시간"은 "모멸로 타들어간 입술"을 통한 "방언"과 "말더듬"의 언어로만 표출될 수 있다. 이 불투명한 언어를 통해 비로소 "언어를 빼앗긴" 우리는 발화할 수 있다.

황규관의 근작들은 시와 정치의 '행복한' 결합이 불가능한 시대에 대한 불안과 공포, 모색과 희망 '사이'를 증언하기 위한 언어적 전략을 활용한다. 이로 인해 과거와 미래, 그리고 현재의 목소리가 복수(複數)로 존재하는 독특한 문법이 창출되기도 하며, 명징하고 투명한 발화가 아닌 언어적 구별짓기의 자의식이 표출되기도 한다. 이를 겹침의 언어라고도 명명할 수 있을 것이다. 황규관의 시적 모색은 과거와 미래 사이에 낀 존재로서의 자기 인식에서 출발하며, 이로 인해 도래하지 않은 미래를 더듬는 형식으로 나타나기 때문이다. 그리고 미래는 언제나 잠재태의 형식으로만 상상 가능하기 때문이다.

4. 시적 경계의 문제와 아고라의 언어

감성 구조의 측면에서 언어는 겹침의 형식을 통해 이토록 난감한 현실을 직시하는 힘을 발현한다. 그런데 감성 구조를 표출하는 언어는, 언제나 사회적 시스템에 의해 구체적인 물질성을 부여/제약받기 마련이다. 이는 특히 발화의 장(場)에 적용되는 '규칙'을 통해 구체화된다. 문학장 역시 마찬가지인 바, 문학과 정치는 각기 다른 장으로 규정되며, 이로인해 이 둘 간의 관계맺음을 고민하는 언어는 종종 비문학적인 것으로 간주되어 문학장에서 배제/추방된다. 그런데 이 규칙은 누가 만든 것인가? 예컨대 1920년대 임화의 '단편서사시'는 문학이 아닌가? 혹은 1980년대 노동자들의 체험 수기는 문학이 아닌가? 아니, 애초부터 문학과 정치, 혹은 감성과 치안의 영역을 분할하는 행위 자체가 관념론적 산물에 불과한 것은 아닌가? 송경동의 시를 다시 읽어야 하는 진짜 이유가 바로 여기있다. 예컨대 다음과 같은 진술들.

> (전략)
>
> 이런 민주주의가 판치는 세상을
> 어떻게 그럴듯하게 문학적으로 미학적으로 그려줄까
> 바람에 지는 풀잎으로 읊어줄까
> 국화꽃 같은 누이로 그려줄까
> 어떤 존엄한 시어를 찾아줄까
> 그러면 나의 시도 어느 연인들에게 사랑받을 수 있을까
> 그러면 나의 시도 평론가들로부터 상찬받을 수 있을까
> 그 애매함으로, 그 모호함으로, 그 규정되지 않음으로

그 깊은 서정성으로, 그 새로운 해석과 역사성으로
어떤 문학사의 말석에나마 기록될 수 있을까

그러나 나는, 이 더러운 세상
이 엿 같은 세상이라고 표현하지 않고
저들이 당신들의 생존권과 터전을
가진 자들을 위한 법으로 들어엎듯
당신들 또한 이 더럽고 추악한 세상을
없는 자들의 새 법으로 엎어버려야 한다고 말하지 않고
무슨 시를 쓸까
(후략)[6]

송경동에 대한 평가는 그의 시에 대한 것이 아니라, 주로 그의 사회운동가적 측면에서만 진행되어왔다. 이 과정에서 정작 그의 시가 보여주는 새로운 정치성의 실험에 대한 논의는 전무한 것이 사실이다. 그러나 위의 시에서 나타나듯, 그는 문학장의 규칙 자체를 '위반'하며 시와 비(非)시의 경계 자체를 허무는 언어를 구사한다. 이때 언어는 "문학적으로 미학적으로" 평가되어 "평론가들로부터 상찬받을 수 있"는 대상이 아니다. 오히려 "더럽고 추악한 세상"에 대한 절규에 가까운 언어가 그의 시어이다.

그는 일련의 추모시나 행사시 등을 통해 규범화된 묵독의 미학적 원리에서 벗어나 현장에서 집회 참여자들과 함께 공명하는 새로운 언어의 원리를 모색한다. 이러한 그의 시를 기존의 문학장의 규범으로 평가하는 것은 아무런 의미를 지니지 못한다. 오히려 그가 비시적인 형식을 통해 아

6 송경동, 「비시적인 삶들을 위한 편파적인 노래」, 『사소한 물음들에 답함』, 창비, 2009. 이 글에서 인용하는 송경동의 시는 모두 이 책에 수록된 것이며, 앞으로 인용 시 괄호 안에 작품명만을 표기한다.

크로폴리스로부터 추방된, 그러니까 시민권을 박탈당한 인민들의 삶의 공간인 아고라의 언어를 고안하고 있다는 점이 논의의 초점으로 설정되어야 한다.[7] 그리고 다음과 같이 물어야 한다. '이것은 왜 시가 아닌가?'

> 소년원에서 나는 문맹반 반장이었다
> 줄이 세 개 쳐진 완장을 두르고
> 세상을 이미 읽어버린 아이들에게
> 뜻을 잃은 말들의 파편을 가르쳐야만 했다
>
> 가갸거겨고교구규그기
>
> 기봉이는 열여섯에 벌써 세 번째
> 본적은 첫 겨울을 난 부산원
> 이름도 원장이 지어주었다 했다
> 겨울이 되면 따뜻한 소년원이
> 더 그리웠다는 아이
> 구로공단으로 기술이감 갔던 병준이에게선
> 서울원에 재수감되었다는 편지가 왔었다
> "내가 그랬던 게 아니었어요"
> 가갸거겨고교구규그기

---

7 사소한 사실을 기록해둔다. 지금은 한 포털 사이트의 토론 공간 이름으로 널리 알려진 '아고라'는, 고대 그리스의 아크로폴리스의 회의에 참여할 수 없었던, 즉 '시민'권을 획득하지 못했던 노예/여성/아동 등이 난상토론을 벌이던 공간을 뜻하는 용어이다. 이런 맥락에서 한국사회에서 '아고라'라는 개념을 처음 제기한 것은, 개인적인 기억으로는 1998년 좌파 계열의 학생운동 단체이다. 당시 이들은 아크로폴리스가 내건 '시민권'을 박탈당한 이들의 공론장을 마련하는 것이 필요하다는 문제제기로부터 '아고라'라는 개념을 제출했다. 사소한 사실이지만 잊혀진 기억이라는 생각에, 그리고 현재 '아고라'의 의미 대신 기표만이 난무하는 상황 때문에 기록해둔다.

천둥번개 치는 날에는
껴안고 자기도 했던 아이들
형제가 되고 누이가 되기도 하던 아이들
성경책에 말아 피운 톱밥가루에도
세월이 타들어가는지
녹슨 철문이 녹을 털 듯
나를 털어냈을 때에도
마음의 창살은 쉬이 풀리지 않았다

가갸거겨고교구규그기

세월이 흘러
잘난 세상에 꺾이려 할 때마다
반장님 반장님, 중등반 개새끼들이
고등반 개새끼들이 멍청하다고 씹어요
콱 박아버려요 하던, 그 작은 친구들이
아직도 내 손목을 붙잡고 놓아주지 않는다

—「우리들의 암송」, 전문

송경동의 시적 언어에 대한 평가가 전무하다는 사실은 문학장의 폐쇄성이 얼마나 강고한지, 그리고 이러한 장에서 이루어지는 시와 정치의 관계에 대한 논의가 얼마나 고답적인지를 확인시켜준다. 그러나 아고라의 인민들에게 "가갸거겨고교구규그기"로 표상되는 언어란 "뜻을 잃은 말들의 파편"에 지나지 않는다. 이들은 "세상을 이미 읽어버린" 존재이기 때문이다. 그러니 송경동의 시적 전략을 아고라의 언어의 복권이라 호명해도 될 것이다. 엘리트적 문학장에서의 '시'란 아고라의 언어를 추방/배제함으로써 형성된 것이기 때문이며, 송경동의 '비시'는 "서정에도 계급성이 있다"(「서정에도 계급성이 있다」)는 사실에 기인한 또다른 '시'이기 때문이다.

5. 다시, 시의 정치성을 말하기 위하여

용산 참사를 기점으로 시와 정치, 나아가 문학과 정치의 관계맺음에 대한 다양한 논의들이 촉발되었다. 그러나 논의는 감성과 치안을 분리시키는 관념적 성격을 벗어나지 못했으며, 그 결과 또다른 형태의 엘리티즘적인 텍스트주의로 함몰되고 말았다. 그렇다면 다시, 시의 정치성을 말하려는 우리에게 필요한 비평은 무엇인가?

나는 언어의 물질성을 분석하는 귀납적인 작업으로부터 이 논의가 다시 시작되어야 한다고 생각한다. 그리고 언어로 구성된 텍스트와 이를 통해 표출되는 감성 구조와 그 근저에 놓여있는 치안의 문제가 분리되지 않는 방식으로 논의되어야 한다고 생각한다. 언어가 모순의 결합체라면, 텍스트를 구성하는 과정에 개입되는 중층적인 모순을 드러내는 것이 비평의 과제라고 생각한다. 이 문제설정을 경유하지 않은 채 이루어지는 시와 정치에 관련된 논의들을 신뢰할 수 있을 것인가? 지난 몇 년 간의 논의의 공전을 떠올리는 것으로 충분할 것이다. 그러니 유물론적 (비)미학을 기획하는 우리에게 시와 정치를 둘러싼 비평적 작업은 이제 겨우 시작점에 놓여 있을 따름이다.

수행성의 정치를 위한 텍스트의 전략들

1. 복종(subject)하는 주체(subject)들

2000년대 이후 문학비평의 장(場)에서 가장 빈번히 운위된 개념 중 하나는 아마도 '주체'일 것이다. 문학사적 맥락 속에서 1980년대 저항적 주체가 순식간에 붕괴되어 버리고, 1990년대 자기 응시적 주체가 내면으로의 침잠을 벗어나지 못한 한계를 노출한 순간, 2000년대 문학은 이와는 변별되는 새로운 주체를 형성하고자 다양한 모색을 시도했다. 이 과정에서 거대한 사회적 · 역사적 경험의 무게로부터 자유로운 '무중력 공간'에서 탄생한 주체들이 호명되었고[8], 일인칭 독백체의 전제로 작동한 견고한 시적

8 "2000년대에 와서 공식적인 글쓰기를 시작한 작가들의 경우는, 상대적으로 정치적 죄의식과 역사적 현실의 중력과는 무관한 자리로부터 글쓰기의 존재를 설정할 수 있게 된 것으로 보인다. 가령 이런 새로운 글쓰기의 자리를 '무중력 공간'이라고 부를 수 있겠는데, 이때 '무중력 공간'은 90년대 문학의 주체들이 문화적으로 투쟁했던 것과 같은 방식의 '무엇으로부터'의 환멸과 저항의 전선을 설정하지 않는다. 중력이 없는 공간에

자아를 대체할 분열증적 시적 주체가 호명되었다.[9] 나아가 대타자의 욕망을 모방하면서도 이로부터 탈주하려는 일련의 '포스트-키즈'들이 새로운 문학적 주체로 호명되었고[10], 재현의 구조와 그 가능성 자체를 회의하는 지적인 글쓰기 주체들이 한 편에서 중요한 흐름으로 호명되었다.[11] 이외에도 수많은 대안적 주체를 호명하기 위한 기획들이 현재에도 여전히 진행 중임은 물론이다.[12] 그런데 새로운 주체 호명의 기획이 시작된 지 10

서는 저항의 개념과 그 주체화도 있을 수 없다."(이광호, 「혼종적 글쓰기 혹은 무중력 공간의 탄생-2000년대 문학의 다른 이름들」, 『문학과사회』, 2005 여름, 167~168면) 이와 같은 이광호의 지적은 젊은 작가들의 세대론적 특성을 날카롭게 짚어낸 것으로 판단된다. 그러나 신자유주의의 폭력에 가장 직접적으로 노출된 이들이 존재하는 곳을 "무중력 공간"으로 호명하는 것이 타당한지의 여부는 꼼꼼히 따져볼 필요가 있다.

9 다음과 같은 신형철의 언급이 이를 단적으로 보여준다. "시의 정치성은 정치를 '말'할 때 발생하는 것이 아니라 정치적으로 '존재'할 때 발생하는 것이다. 자명한 일인칭의 세계를 배격하고 유기적인 전체성의 세계를 거부하는 젊은 시인들의 시도는 지금과는 다른 종류의 정체성과 체제를 찾아 헤매는 지난한 모색의 산물로 읽힌다."(신형철, 「스키조와 아나키」, 『창작과비평』, 2006 여름, 287면) 이미 여러 논자들에 의해 지적된 것처럼 신형철의 논의는 텍스트와의 공명을 통해 수행된다는 점에서 신뢰할 만하다. 반면 텍스트 '너머'에 대한 모색이 비평의 몫이라면 논점은 달라질 수 있을 것이다.

10 함돈균의 논의가 대표적일 듯하다. 함돈균, 「아이들, 가족 삼각형의 비밀을 폭로하다」, 『얼굴 없는 노래』, 문학과지성사, 2009. 그의 논의는 외디푸스적 구조를 해체하기 위한 힘을 아이들에서 찾고 있으며, 이를 실제 텍스트를 통해 논증하고 있다는 점에서 설득력을 지닌다. 그러나 외디푸스 구조가 과연 현재 한국문학을 풍부하게 해명하는 데 얼마나 유용한 틀인지에 대해서는 선뜻 공감하기 어렵다.

11 언어를 통한 타자와 대상의 재현 불가능성에 주목한 몇몇 논의들이 이에 해당할 것이다.

12 가장 최근의 논의로는 한기욱의 것을 들 수 있다. 그는 황석영의 「객지」를 준거로 삼아 김애란의 단편들을 분석하며 이를 "우리시대 현실의 핵심적인 면모가 무엇인가에 대한 예술적 촉각이 곤두서 있기에 가능한 이야기"(한기욱, 「우리시대의 「객지」들」, 『창작과비평』, 2013 여름, 239면)로 평가한다. 나 역시 김애란의 문학적 성과에는 큰 이의가 없지만 이를 다시 리얼리즘의 틀로 환류시키는 것이 어떤 의미를 창출할 수 있는지

여 년이 흐른 지금, 이들 기획이 충분한 성과를 거두었는지에 대해서는 다소 회의적이다. 물론 다양한 기획들이 지닌 차이를 무시할 수는 없겠지만, 적어도 이들 기획이 '결과적으로' 대타자에 의해 종속되어 그에 복종(subject)하는 주체(subject) '너머'의 대안적 정체성의 '상'을 텍스트에 기반하여 제시하는 것에 성공했는지에 대해서는 대체로 부정적인 평가를 내릴 수밖에 없다. 여러 이유가 있겠지만 가장 기본적으로는 주체의 층위에 한정된 문제설정 자체가 지닌 모종의 한계 때문이 아닌가 싶다. 이미 주체가 주체를 호명하는 대타자에 의해 종속된 개념이라면, 문학비평이 할 수 있는 것은 기껏해야 주체가 형성되는 메커니즘을 해명하는 것으로 국한되기 마련이다. 조금 더 나아가 호명이 실패하는 장면으로부터 거대한 대타자의 운동 메커니즘의 '구멍'을 읽어낼 수도 있겠지만, 이 경우 역시 선험적인 대타자와 그의 호명을 통해 형성되는 주체라는 프레임을 승인하는 구조에 종속되어 있다는 점에서 대안적인 정체성을 구성하기 위한 문제설정으로 진전하기 어렵다는 한계를 지닌다. 기실 2000년대 이후 한국 문학비평이 제시한 수많은 새로운 주체들이 일종의 파편적인 고립 속에서 명멸했음은 이를 방증하는 것이기도 하다.

나는 투명한 답을 제시하는 명징한 이론을 신뢰하지 않는다. 주체를 둘러싼 다양한 이론들은 너무나도 투명하게 주체가 호명되는 메커니즘과 그 메커니즘으로부터 일탈하는 징후들을 그려낸다. 아마도 진공 상태의

에 대해서는 다소 회의적이다. 물론 그가 랑시에르를 경유하며 새로운 리얼리즘의 틀을 상정하고 있지만 이 부분 역시 다소 편의적이라는 느낌이 강하다. 무엇보다 그가 제시하는 "감각체험의 자율성"(219면)이 다소 추상적으로 느껴지는 바, "감각체험"의 체계가 형성되는 현실의 메커니즘에 대한 분석이 생략되었을 때 과연 그것이 새로운 리얼리즘의 사유를 촉발할 수 있을지 의문이다.

실험실에서 이와 같은 이론은 충분히 검증 가능할 것이다. 문제는 우리가 다루는 것은 너무나도 구체적인 현실 속에서 운동하는 텍스트라는 사실이다. 바꾸어 말하자면 텍스트는 투명한 이론으로 환원될 수 없는 모종의 수행적 행위로 독해될 필요가 있다. 이 행위를 통해 텍스트는 종종 현실을 지배하는 '룰'을 해체하거나 전복하는 독특한 진리-효과를 창출하기도 한다. 그렇다면 선험적인 주체에 대한 논의를 통해 새로운 문학적 방향을 제시하려는 기획보다, 역으로 구체적인 텍스트들이 보여주는 행위들로부터 대안적인 수행적 정체성을 추출하려는 기획이 생산적일는지도 모른다. 언제나 텍스트의 공백과 잉여는 투명한 이론 '너머'를 증언하기 마련이기 때문이다. 이러한 기획은 명징한 좌표를 제시하지는 못하겠지만, 적어도 좌표 '자체'를 둘러싼 텍스트의 투쟁을 복원하는 것에는 유효할 것이다. 그리고 지금 우리에게 필요한 것은 명쾌한 해답이 아니라 더 많은 질문이기 때문이다.

이 글은 최근 한국문학 텍스트들로부터 몇 가지 징후적인 수행적 행위들을 추출하는 것을 목적으로 한다. 이는 텍스트로부터의 귀납적인 방식을 통해 구조종속적 주체 개념으로 포획되지 않는 독특한 수행적 정체성의 구성 전략을 읽어낼 수 있을 것이라는 기대에 기반한다. 물론 그 전략이 하나의 프레임으로 환원되거나 제한될 이유는 없을 것이다. 가능한 많은 전략으로부터 가능한 많은 대안적 가능성을 모색하는 것이 지금, 우리에게 필요한 작업이기 때문이다.

2. 해명에의 요구와 폐기의 담화 전략

지배 담화의 형식은 특정한 해명을 요구하는 방식으로 구성된다. 이미 정해져 있는 답을 수행하는 것이 개체에게 요구되는 답변의 형식이다. 이러한 담화 형식을 통해 지배적인 메커니즘은 개체의 몸에 자신의 규율을 새긴다. 알튀세르의 비유를 빌리자면 "이봐, 당신!"이라는 경찰관의 호명은 곧 내가 불온한 '범법자'가 아니라 온건한 '시민'임을 해명할 것을 요구한다. 이러한 질문에 대해 호명당한 자는 이데올로기적 국가장치의 가르침을 체현함으로써만 주체임을 승인받을 수 있다.

기실 이와 같은 담화 형식은 무한정 변용되어 존재한다. 당신은 온건한 시민인가? 당신은 젠더 역할에 적합하게 행동하는가? 당신은 자유민주주의자인가? 당신은 시장경제 시스템의 우월성을 인정하는가? 당신은 주어진 '룰'안에서 사유하고 행동하는가? 이미 주어진 답을 몸에 각인시키는 방식의 담화는, 곧 지배 이데올로기에 대한 '승인'을 '자연스러운 것'으로 오인하게 만든다.

이런 맥락에서 김사과의 몇몇 작품들은 다시 독해될 필요가 있다. 어쩌면 기존의 김사과에 대한 비평은 그녀의 '분노'의 파토스가 지닌 미학적 파괴력에 집중된 나머지, 정작 지배 담화에 대한 그녀의 독특한 대응 전략을 간과한 것이 아닌가 싶다. 그녀는 지배 담화의 요구에 대해 여러 이유를 제시하며 자신의 정당성을 증명하는 방식을 택하지 않는다. 예컨대 "이봐, 당신!"이라는 질문에 대해 자신의 온건함을 증명하는 진술 대신, "넌 뭔데 나를 부르는 거야?"라고 답하는 것이 그녀의 전략이다. 예컨대 다음과 같은 장면을 보자.

영이는 아주 명쾌하게 이해했다. 이제 도덕 숙제만 하면 된다.

선택활동: 다음과 같은 행동을 하면 어떤 일이 일어날지 말해봅시다.

1. 생활반성표를 거짓으로 표시하는 행동

가) 생활반성표를 거짓으로 표시할 경우에 생기는 문제점은 무엇입니까?

–들키면 얻어맞는다.

–기분이 좋아진다.

나) 이런 일이 생기지 않도록 하기 위해 우리가 노력할 일은 무엇일까요?

–위조기술을 향상시킨다.

2. 아무도 보지 않는 곳에 휴지를 버리는 행동

가) 아무도 보지 않는다고 휴지를 마구 버릴 경우에 생기는 문제점은 무엇입니까?

–마구 버리니 더이상 버릴 휴지가 없게 된다.

–주위환경이 아주 깨끗해진다.

나) 아무도 보지 않는 곳에서도 옳은 행동을 하려면 어떻게 해야 할까요?

–아무 일도 하지 않는다.[13]

위의 담화는 질문의 형식을 띠고 있으나 기실 이미 주어진 답을 요구하는, 그 답을 통해 '정상적인' 학생임을 해명할 것을 강요하는 훈육 기제로 작동하고 있다. 여기에 김사과는 아예 질문 자체를 해체하는 담화 전략을 사용한다. "생활반성표를 거짓으로 표기할 경우에 생기는 문제점"은 "들키면 얻어맞는"것이며, "이런 일이 생기지 않도록 하기 위해 우리가 노력

13 김사과, 「영이」, 『02』, 창비, 2010, 20~21면.

할 일은" "위조기술을 향상시"키는 것으로 진술된다. 따라서 "생활반성표를 거짓으로 표기"하여 "얻어맞"았을 때, 오히려 "기분이 좋아"지는 것은 필연적이다. 왜냐하면 지배 담화가 구조화한 요구에 대해 여러 근거를 통해 해명하는 대신, 그 질문 자체를 "거짓으로 표시"하며 일방적인 호명을 거부하기 때문이다. 그러니 호명을 거부하는 행위, 즉 "아무도 보지 않는다고 휴지를 마구 버릴 경우에 생기는 문제점은" 곧 "마구 버리니 더이상 버릴 휴지가 없게 된다"는 진술이 가능해진다.

같은 맥락에서 "내 아들은 서울대 법대를 나왔다. 너는 어느 대학에 다니느냐"는 질문에 "나는 대학에 다니지 않습니다."[14]라고 답하는 장면이나, "우리는 그저 연애를 한 것뿐이다"는 진술에 "우리는 그저 연애조차 하지 않았다"[15]라고 답하는 장면은 흥미롭다. 이들 담화는 모두 특정한 '정답'을 예상하고 수행되는 의례의 일부이다. 그런데 김사과는 이러한 의례 자체를 부정하며 그것을 조롱하는 셈이다. 나아가 그녀는 종종 혐오 발화를 통해 주어진 질문에 대한 부정적 인식을 극대화하여 형상화한다. 그녀의 텍스트에 빈번히 등장하는 의미없는 욕설이나 부정의 언술들은 우리에게 자명한 것으로 간주되는 지배 담화의 구조, 즉 특정한 해명을 요구하는 의례 자체를 거부하는 효과를 낳는다는 점에서 중요하다.

유사한 맥락에서 김미월의 「질문들」 역시 주목된다. 이 작품은 우리의 일상을 지배하는 수많은 질문들이, 기실 특정한 정답을 요구하는 정해진 '룰'의 형식을 지니고 있음을 적절히 짚어내고 있다. 주인공이 아르바이트로 진행하는 회사의 마케팅 설문조사가 이를 단적으로 보여준다. 이때

---

14 김사과, 「나와 b」, 앞의 책, 123면.

15 김사과, 「준희」, 앞의 책, 99~100면.

설문 형식으로 주어진 질문은 개체의 취향이나 판단을 요구하는 것이 아니라, 이미 결정된 회사의 홍보 전략의 일부로 존재한다. 즉, 내가 설문조사에 응하는 것 자체가 이미 주어진 프로세스를 승인하는 효과를 낳는 셈이다. 따라서 소설을 쓰는 주인공이 작품의 말미에서 "그리고 주인공에게 묻고 싶었다. 다만 묻고 싶기는 하되 무엇을 묻고 싶은지 알 수가 없다는 것, 그것이 문제였다."[16]라고 진술하는 장면은 중요하다. 지배 담화는 궁극적으로 질문하는 자(대타자)와 이에 대해 해명하는 자(subject)간의 위계질서를 영속화하기 때문이다.

송경동의 몇몇 시들 역시 재독해될 여지가 있다. 예컨대 경찰이 "알아서 불어라"고 명령할 때 "풍선이나 불었으면 좋겠다"고 답하며 "그렇게 나를 알고 싶으면 사랑한다고 얘기해야지"[17]라고 질문을 무화시키는 장면이 그렇고, "한 자칭 맑스주의자가/ 새로운 조직 결성에 함께하지 않겠느냐고 찾아"와 "송동지는 어느 대학 출신이오?"라고 물을 때, 혹은 "다시 또 한 부류의 사람들이 자꾸/ 어느 조직에 가입되어 있느냐"고 물을 때, "나는 저 들에 가입되어 있"으며 "비천한 모든 이들의 말 속에 소속되어 있"으며 "말 없는 저 강물에게 지도받고 있다"[18]고 대답하며 질문의 허구성을 폭로하는 장면이 그렇다.

2000년대 이후 우리 문학은 지배 담화의 질문에 '어떻게' 답할 것인지에 대한 수많은 고민을 진행해왔다. 반면 그 담화 자체를 회의하며 조롱하는 작업은 의외로 충분히 수행되지 못한 감이 있다. 김사과와 김미월, 송경동의 텍스트가 중요한 것은 이 때문이다. 이들은 '어떻게' 정치적으로,

16 김미월, 「질문들」, 민족문학연구소 편, 『포맷하시겠습니까』, 한겨레출판, 2012, 35면.

17 송경동, 「혜화경찰서에서」, 『사소한 물음들에 답함』, 창비, 2009.

18 송경동, 「사소한 물음들에 답함」, 위의 책.

혹은 미학적으로 올바르게 답할 것인지에 대해 고민하지 않는다. 오히려 수많은 혐오의 수사를 통해 질문 자체를 붕괴시키는 것이 이들의 전략이다. 이러한 수행적 담화를 통해 이들의 텍스트는 이데올로기적 국가장치로부터 벗어나기 위한 하나의 전략을 보여준다. 비록 "아빠는 또 술을 마"시고, "특히 '또'라는 말이 지하 4338층 정도의 깊이에서부터 천천히 울려퍼"[19]질지라도 말이다. 그러니 이들의 수많은 폐기의 담화 전략은 오랫동안 지속될 것이다.

3. 의례(ritual)를 전복하는 소설 쓰기

그러나 여전히 세계는 모순덩어리이며 시스템으로부터 완전히 독립된 '외부'란 존재할 수 없다. 더욱 무서운 것은 지배 질서가 수많은 일상적인 의례를 통해 우리의 몸에 자신의 질서를 기입한다는 사실이다. 다시 알튀세르로 돌아가보자. 우리가 교회에서 신에게 복종하는 것은 단순히 상징적인 행위에 그치는 것이 아니다. 무릎을 꿇고 두 손을 잡은 채 복종하는 행위 자체가 하나의 의례로서 우리의 몸을 규율한다.

이는 소설 쓰기에서도 마찬가지로 작동한다. 소설을 쓴다는 것은 몇 가지 의례를 전제로 한다. 근대문학이 형성된 공간이 다름 아닌 고독한 예술가들의 살롱 모임임을 상기하자. 진지한 주제의식과 이를 미적 완결성의 원리에 투영시키는 것, 그리고 무엇보다 일상과는 '다른' 예술가적 자의식을 텍스트에 기입하는 것 등이 이들 의례의 핵심을 이룬다. 이러한

19 김사과, 「영이」, 앞의 책, 21면.

의례를 통해 소설은 시스템 내부로 포획된다.

윤고은의 몇몇 작품들은 일상에서 작동하는 구체적인 의례들을 꼼꼼하게 탐색하는 성과를 보인다. 권력이 추상적 심급에서 작동하는 것이 아니라, 일상의 의례를 통해 규율화된 몸의 층위에서 작동한다는 점을 상기할 때 이들 텍스트들은 보다 면밀한 독해를 요구한다. 예컨대 백화점 화장실을 떠올려보자. 이 공간은 본래 옷을 예의바르게 다듬어 입거나, 혹은 적당한 화장을 통해 생기 있는 인상을 유지하거나, 아니면 머리를 손질하는 공간으로 '약속'되어 있다. 그러나 윤고은에게는 사정이 다르다.

> (…) 노트북만 있다면, 아니 설령 노트북이 없더라도 급박한 용무를 해치울 만한 공간은 많다. 고객용으로 몇 대의 컴퓨터가 로비에 놓여 있는 백화점도 있고, 무선 인터넷이 잡히는 공간도 많다. 4층 화장실에서 노트북을 켜면 총 열한 개의 무선 인터넷이 잡히고, 그중에 대여섯 개는 누구에게나 열려 있는 상태여서 연결 버튼을 누르기만 하면 된다.
>
> 노트북을 편다. 작가를 위해 4층 화장실에서 무한정으로 제공해주는 전기를 받아 소설을 쓴다.[20]

윤고은은 '시민적 교양'에 입각하여 만들어진 백화점 화장실의 '룰'을 반복하면서도 전복한다. 분명 텍스트 속의 주인공은 서울에 거주하는 여성이며, 따라서 백화점의 여자 화장실에 들어가는 것은 아무런 문제가 없다. 아니, 오히려 백화점의 여자 화장실을 이용한다는 사실이야말로 주인공이 도시에 거주하는 젊은 여성이라는 점을 증명해주는 셈이기도 하다.

---

20 윤고은, 「인베이더 그래픽」, 『일인용 식탁』, 문학과지성사, 2010, 90~91면.

그러나 주인공은 이와 같은 의례의 반복과 더불어 전복을 수행한다. "4층 화장실에서 노트북을 켜면" 잡히는 "대여섯 개"의 "무선 인터넷"과 "4층 화장실에서 무한정으로 제공해주는 전기"를 이용하여 그녀는 "소설을 쓴다." 그러니까 주인공의 소설 쓰기는 백화점 화장실의 '룰'을 반복하면서 동시에 전복한 결과이다. 이는 비단 백화점에만 국한된 것은 아닌 바, 카페에서도 마찬가지이다. 주인공은 카페에서 "세 시간, 혹은 네 시간"동안 머물며 소설을 쓴다. 심지어 자신이 엄연한 고객임을 보여주기 위해 "버려진 컵을 끌어다 내 테이블 위에 올려두기도"[21]한다. 이러한 행위는 카페라는 공간에서 수행되는 자연스러운 의례이다. 그러나 동시에 소설을 쓴다는 행위로 인해 그 의례는 본래 목적과는 달리 운동한다. 즉, 그녀에게 소설 쓰기란 일상으로부터 고립된 모종의 에피파니의 순간을 기록하는 행위가 아니라, 화장실과 카페에서 요구되는 의례를 비트는 행위에 다름 아닌 셈이다. 그 결과 엄숙한 소설 쓰기라는 행위는 곧 비루한 삶의 틈새에서 뿜어져 나오는 일탈적 행위로 탈바꿈한다.

윤이형의 몇몇 작품들은 소설 쓰기를 둘러싼 의례로부터 벗어날 가능성을 환타지의 영역에서 모색하고 있다. 예컨대 「스카이워커」에서는 현실 속의 권력이 구체적인 의례, 즉 "신에게 바치는 엄숙한 의식"[22]의 형태로 예술의 장에 개입하고 있음을 직시한다. 그렇다면 무엇을 할 것인가? "이곳의 중력을 바꾸려면 먼저 내 질량을 바꿔야 한다."[23] 그때 비로소 우리는 엄연히 작동하는 중력과 의례를 넘어설 수 있다. 이는 소설 쓰기에서도 마찬가지로 적용된다. "(…) 밥을 먹고, 학교에 가고, 일을 하고, 잠

21 윤고은, 앞의 작품, 97~98면.

22 윤이형, 「스카이워커」, 『큰 늑대 파랑』, 창비, 2011, 19면.

23 위의 작품, 46면.

을 자는" 일련의 의례만을 "하나의 특정한 현실"로 승인하는 "당위"[24]의 세계 '너머'에서 비로소 그녀의 소설 쓰기의 "룰"[25]이 탄생한다.

결국 우리의 일상을 지배하는 것은 추상적인 담론이 아니라 구체적인 의례이다. 이는 소설 쓰기에도 마찬가지이다. 문학이 사회제도의 일환으로 존재하는 한, 이들 의례로부터 온전히 벗어나는 것은 불가능하다. 그러나 바로 그 의례를 뒤틀고 헤집는 과정을 통해 전복의 글쓰기 형식이 돌출될 수도 있다. 이런 맥락에서 다음과 같은 장면은 2000년대 한국문학장에서 소설 쓰기의 존재 형식을 가장 잘 드러낸 것 중 하나로 기억될 만하다.

> 그것의 제목은 '국기에 경계하는 전태일'이었다. 그것은 경직된 차렷 자세로 오른팔을 가슴에 얹고 국기에 대한 경례를 하고 있었는데, 가슴에 얹힌 손의 중지가 발기된 작은 성기처럼 곧게 펼쳐져 있었다. 말하자면 그것은 국기에 경례하는 동시에 퍽큐를 날리고 있는 전태일이기도 했던 것이다. 그것은 미완성 작품으로, 얼굴은 아직 형성되지 않아 코와 눈, 입의 어떠한 기관의 형태도 없이 매끄러운 형상을 유지하고 있었다.[26]

이재웅의 작품은 '국기에 대한 경례'라는 대표적인 의례를 정면에서 전복한다. 더욱 주목되는 것은 동시에 '전태일'이라는 익숙한 표상 역시 전복한다는 사실이다. '국기에 대한 경례'를 훼손하는 행위가 익숙한 이데올로기적 국가장치에 대한 전복이라면, "퍽큐를 날리고 있는 전태일"의 형

---

24 윤이형, 「이스투아 공원에서의 점심」, 앞의 책, 160면.

25 윤이형, 「스카이워커」, 앞의 책, 46면.

26 이재웅, 「전태일 동상」, 『불온한 응시』, 실천문학사, 2013, 142~143면.

상화는 굳어 버린 기존 저항문학의 문법에 대한 전복으로 해석될 수 있다. 이와 같은 의례에 대한 이중의 전복을 통해 이재웅은 의례를 전복하는 행위로서의 소설 쓰기를 위한 하나의 가능성을 제기하고 있다. 이를 단순히 "전위적이고 아방가르드하다고"[27] 평가하는 것은 아무런 의미를 지니지 못한다. 오히려 중요한 것은 의례를 전복하는 그의 문제의식이 지배적인 이데올로기적 국가장치는 물론 규범화된 소설 문법으로까지 이어지고 있다는 점이다. 결국, 소설을 쓰는 행위 역시 의례의 일부이며, 바로 그 의례를 전복하려는 텍스트의 전략으로부터 비로소 소설 쓰기는 지배담화의 틀을 벗어날 수 있을 것이기 때문이다.

물론 의례의 전복 자체가 곧바로 진보적인 문학적 성과를 보장하는 것은 아니다. 많은 경우 의례의 전복은 결과적으로 체제보완적인 일시적 일탈에 그치기도 하기 때문이다. 그럼에도 윤고은과 윤이형, 이재웅의 텍스트가 주목되는 것은 이들이 다름 아닌 자신의 소설 쓰기 자체에 대한 의례를 전복하고 있기 때문이다. 그리고 이러한 자의식은 우리 소설이 시스템으로부터 완전히 독립된 자율성의 공간에서 쓰여지는 것이 아니라, 엄연히 강고한 시스템의 질서가 작동하는 공간에서 쓰여지고 있다는 정직한 직시를 가능하게 만들기 때문이다. 그러니, 이들에게 소설을 쓰는 행위 자체는 이미 의례를 둘러싼 수행적 정치의 장이기도 한 셈이다.

---

27 이재웅, 앞의 작품, 162면.

4. 기표를 둘러싼 투쟁으로서의 '수행적 모순(performative contradiction)'

우리가 사유할 수 있는 것은 온전히 언어 때문이다. 바꾸어 말하자면 일견 투명해보이는 기표는 수많은 투쟁이 진행되는 하나의 장이기도 하다. 하나의 기표는 많은 경우 지배적인 기의로 귀속되지만, 간혹 그 투명성을 의심하게 만드는 사건을 통해 새로운 의미를 생성하기도 한다.

이런 맥락에서 염승숙의 몇몇 작품들이 주목된다. 예컨대 '내비게이션'을 떠올려 보자. 내비게이션은 목적지를 가장 빠르고 정확하게 안내하는 역할을 한다. 이때 운전은 곧 목적지에 도달하기 위한 행위로 규정된다. 내비게이션은 이러한 운전을 가장 '효율적으로' 수행하기 위한 도구로 설정된다. 지도와는 달리 실시간 교통상황을 반영하며, 빠르게 변화하는 도시의 도로체계를 반영하기 때문이다. 당연하게도 여기서 운전과 내비게이션은 효율성의 극대화를 최고의 가치로 승인하는 시스템의 은유일 것이다. 그렇다면 다음과 같은 장면은 어떻게 해석될 수 있는가?

> 윤기현이 기획, 개발하고 총 책임자의 역할까지 맡은 신제품의 이름은 '라이게이션liegation'이었다. 라이lie와 내비게이션navigation의 영어 단어를 조합해 만든 단어였다. (…)
>
> "내비게이션의 가장 기본적인 기능은, 자신의 현재 위치를 파악하는 것입니다. 지금 이 순간 나는 어디에 있는가? 그것을 모른 채로는 목적지를 설정할 수조차 없고, 하물며 방향을 바꾸는 것은 더욱 불가능하죠. 고로 내가 위치한 '현재'를 인식하는 것이야말로, 내비게이션 이용자가 유념해야 할 가장 바람직한 태도라고 할 수 있습니다. 하지만 내가 어디에 있는 가를 아는 것, 자신이 위치한 그 명확한 지점을 깨닫

는 것이야말로 스스로 해내야만 하는 인생 최대의 과제가 아닐까요? 내가 여기 있다는 사실을 나 외에 그 누가 대신 증명해낼 수 있단 말입니까?"[28]

앞서 진술한 것처럼 '내비게이션'은 효율성을 기준으로 재편된 가치체계의 거대한 은유로 독해될 수 있다. 따라서 내비게이션을 사용한다는 것은 곧 주어진 목적지에 최소한의 자원으로 달려가는 시스템을 승인하는 행위이기도 하다. 그런데 지금 내가 출발하는 곳과 목적지로 설정된 곳은 어디인가? 내비게이션은 이와 같은 본질적인 질문들을 소거시킨다. 그 자리에 염승숙이 제안하는 것은 '라이게이션'이다. 내비게이션이 출발지와 목적지를 명징한 것으로 전제하는 반면, 라이게이션은 출발지와 목적지 자체를 설정하는 행위가 개체에 의해 능동적으로 수행되어야 하는 것임을 상기시킨다.

기실 라이게이션은 그 자체로 모순인 개념이다. 이미 출발지와 목적지가 어디인지 고민하는 순간, 더 이상 타자에 의한 안내란 불가능하기 때문이다. 그러나 그녀의 발화처럼 "내가 여기 있다는 사실을 나 외에 그 누가 대신 증명해낼 수 있단 말"인가? 요컨대 라이게이션은 실체라기보다는 내비게이션의 틈새를 비집고 튀어나온 하나의 사건으로 해석될 필요가 있다. 목적지에 대한 안온한 안내를 거부하는 행위로서 라이게이션은 그 의미를 획득한다. 따라서 라이게이션의 사용자들이 결국 현재의 자기 자리로 돌아오지 않는 '사고'가 빈번히 발생하는 것은 필연적이다. 이미 현재의 출발점 자체가 개체에 의해 설정된 것이 아니기 때문이다. 그리고

28 염승숙, 「라이게이션을 장착하라」, 『노웨어맨』, 문학과지성사, 2011, 170~171면.

이 사건으로부터 비로소 개체의 사유에 의해 구성된 '다른' 좌표가 생성될 수도 있을 것이다.

백무산의 몇몇 시들에서는 일종의 생산적 오독의 흔적이 강하게 표출된다. 예컨대 다음과 같은 텍스트가 그러하다.

> 헌책방에서 세계단편문학전집을 빌려보던 열일곱살 겨울 한권쯤 읽어둬야지 했던 건데 그만 열두권인가 열다섯권인가 한질을 중독처럼 내리 읽고 장편 두어권 읽고 나서 뭔가 틀렸다는 것을 알았다
>
> 누가 권하지도 않았고 도무지 관심도 없었던 문학책에 단숨에 빠진 일도 그렇지만 이백편 가까운 스토리가 제멋대로 엉킨 것이다 오 헨리 상체가 몸의 하체에 붙고 모빠상의 여자가 동물농장에 가 있고 체홉이 가게 이름인지 도시 이름이었는지도 헷갈렸다
>
> 하지만 시간이 지나자 그 혼란이 그리 나쁘지 않았다 세상살이가 소설처럼 만만치 않아서다 남의 생을 대신 사는 일도 종종 있는 법 나의 하품이 어느 누구에게 치명적일 수도 있는 일 누구 탓인지 알 수 없는 불행과 운명도 허다하고 내 삶에 온갖 삶이 섞여 있기도 하다는 것
>
> 아무래도 혼자 걸어온 길은 난독과 오독의 길이었다 난독은 습관이 되고 오독은 즐길 만했다 생물학을 읽으면서 정치적 문제를 고민하고 사회과학과 문학을 섞어서 읽고 물리학을 읽으면서 종교적 상상에 빠지기도 했다
>
> 하지만 내게 아무런 문제 생길 게 없었으나 목적 없는 독서라서 건성으로 갈 일도 없었으나 나는 모든 방향에서 갈증을 느꼈지만 어느 순간 열정이 꺾이고 말았다 치명적인 오독 때문이었다

나의 생을 잘못 읽고 있었기 때문이었다 나는 이미 낯선 곳에서 낯선 곳으로 던져졌고 책은 나를 거듭 해체하며 텅비게 하였으나 그런 나의 부재를 읽지 못했기 때문이었다 존재의 마지막 텍스트인 '부재'를[29]

"세계단편문학전집"이 이른바 '정전(canon)'의 집합체임은 주지하는 바와 같다. 그러니까 이 전집에는 특정한 역사적·사회적 맥락에서 구성된 기표들의 총체가 담겨 있는 셈이다. 그런데 정작 백무산은 이들 텍스트로부터 수많은 "혼란"을 경험할 뿐이다. 따라서 "뭔가 틀렸다"는 진술이 등장한다. 그럴 수밖에 없는 것이 그는 이들 텍스트를 구성하는 기표에 대한 충실한 독해 대신 "난독과 오독"을 '수행'했기 때문이다. 그러나 이러한 수행은 아무런 문제가 되지 않는다. 정전에 담긴 기표들에서 그가 읽어낼 수 있는 최대치는 결국에는 "나의 부재"이기 때문이다. 오히려 이러한 "치명적인 오독"을 통해 그는 기표 너머에 존재하는 "생"에 대해 사유하게 된다. 그리고 아마도 이 지점에서 비로소 '정전'을 구성하는 기표와는 '다른' 언어가 시작될 수 있을 것이다.

언제나 지배적인 기표는 지배계급의 그것일 수밖에 없다. 그렇다고 기표를 경유하지 않은 채 사유하는 것도 불가능하다. 이때 우리가 취할 수 있는 전략 중 하나는 지배적인 기표의 모순을 극대화시켜 그 의미를 다시 기술하는 것이다. 이러한 과정을 통해 우리는 자명한 것으로 보이는 기표가 기실 치열한 투쟁의 장임을 인식할 수 있을 것이며, 나아가 지배적인 기표를 저항의 매개로 전유할 수 있는 가능성을 탐색할 수 있을 것이다.

---

29 백무산, 「난독과 오독」, 『그 모든 가장자리』, 창비, 2012.

그리고 이때 '내비게이션'과 '세계단편문학전집'이 지시하는 세계가 아닌 대안적인 세계를 읽어내기 위한 수행적 읽기가 발현될 수 있을 것임은 물론이다.

5. 이토록 풍성한 수행적 행위들

글의 서두에서 잠시 진술한 것처럼 나는 투명한 답을 제시해주는 명징한 이론을 신뢰하지 않는다. 같은 맥락에서 일견 뚜렷해 보이는 '대안'을 섣불리 제시하는 비평도 신뢰하지 않는다. 무엇보다 지금은 명확한 해답보다 도발적인 질문이 필요한 시대라는 생각 때문이다.

이 글은 최근 한국문학 텍스트들을 통해 발현된 풍성한 수행적 행위들을 추출하기 위해 쓰여졌다. 어쩌면 이들 행위들은 또다른 명징한 이론을 통해 보다 그 의미가 투명하게 호명될는지도 모른다. 하지만 언제나 좋은 텍스트는 이론보다 앞서 징후들을 생성하기 마련이다. 그리고 그 징후로부터 예민하게 문학의 좌표를 감지하려는 자의식이 바로 비평의 본질일는지도 모른다.

그렇다면 이렇게 말할 수도 있을 것이다. 2000년대 한국문학 텍스트들은 하나의 틀로 수렴될 수 없는 다양한 방식으로 문학적 저항의 가능성을 탐색하고 있다. 그것은 김사과와 김미월과 송경동의 텍스트에서 나타나는 해명에의 요구에 대한 폐기의 담화 전략일 수도 있고, 윤고은과 윤이형과 이재웅의 텍스트에서 나타나는 의례를 전복하는 소설 쓰기 전략일 수도 있으며, 혹은 염승숙과 백무산의 텍스트에서 나타나는 기표를 둘러싼 투쟁의 전략일 수도 있을 것이다. 이를 하나의 틀로 호명할 이유를 나는 아직 알지 못한다. 다만 이토록 풍성한 수행성의 전략들로부터 대안적 정체성을 모색하려는 작업이 시작되어야 한다는 사실을 상기할 뿐이다. 만약 여전히 유물론적으로 사유하고자 한다면 말이다.

공공재로서의 문자와 비문해자들의 문학

1. '첫째'가 읽은 것과 문학사가들이 읽지 못한 것

흔히 한국 최초의 근대소설로 평가되는 이광수의 『무정』은 형식이 선형에게 '영문'을 가르치는 장면으로 시작한다. 이 작품이 발표된 1917년에 이미 형식은 조선어는 물론 일본어와 영어를 읽을 수 있는 존재로 등장한다. 어떻게 보자면 『무정』은 끊임없는 문자 배우기의 서사일는지도 모른다. 선형이 형식으로부터 영문을 배우는 장면에서 시작해서, 형식 스스로가 미국으로 건너가 '네이티브'의 언어를 배우는 것으로 귀결되는 것이 『무정』의 서사 구조이다. 이런 맥락에서 흔히 지적되는 것과 같이 『무정』이 형식-선형, 병욱-영채, 그리고 형식-병욱/선형/영채의 가르침과 배움의 모티프로 구성되어 있다는 사실은 필연적인 것이기도 하다. 『무정』의 근간에는 지적 위계 질서를 승인하는 계몽주의적 사유가 뿌리깊게 자리잡고 있기 때문이다. 그리고 바로 이 점이 『무정』을 한국 최초의 근대소설로 평가하는 근거이기도 하다.

반면 『무정』으로부터 17년이 지난 1934년 발표된 강경애의 『인간문제』에는 다음과 같은 흥미로운 장면이 등장한다.

> 선비? 그가 참말 선비인가? 그러면 내가 날마다 전해주는 그 종이도 보겠지. 그가 글을 아는가? 아마 모르기 쉽지! 참, 공장에는 야학이 있다지. 그러면 국문이나는 배웠을지도 모르겠구먼…… 하였다. 이렇게 생각하고 나니 자기 역시 국문이라도 배워야만 될 것 같았다. 어데서 배울 곳이 있어야지! 신철이보고 가르쳐달랄까? 그는 빙긋이 웃었다. 30에 가까워오는 그가 이제야 국문을 배우겠다고 신철의 앞에서 가갸거겨 할 생각을 하니 우스웠던 것이다. 보다도 필요와 여유도 없었던 것이다.[30]

인천에서 노동운동에 투신한 '첫째'는 매일 '삐라'를 돌리지만, 실상 그는 "국문"을 읽을 줄 모르는 비문해자이다. 그러니, 그는 매일 자신이 읽지도 못하는 문자가 담긴 '삐라'를 '목숨을 걸고' 배포하는 셈이다. 그럼에도 '첫째'는 굳이 자신이 문자를 배워야 할 "필요"를 느끼지 못한다. 『무정』에서 이미 일단락된 것으로 보이는 문자 가르치기와 배우기의 정당성이 『인간문제』에서는 가볍게 부정된다. 무엇이 이토록 기묘한 상황을 낳았을까? 아니, 이 상황이 기묘하게 느껴지는 이유는 무엇일까?

일반적으로 문학은 문자로 구성된 언어적 질서체로 인식된다. 따라서 능숙하게 문자를 읽고 쓰는 '형식'의 목소리는 텍스트에 깊게 각인되는 반면, 비문해자인 '첫째'의 목소리는 위와 같이 텍스트의 잉여로서 남겨져 있을 뿐이다. 이는 『인간문제』에 대한 문학사가들의 평가가 일률적일만큼

30 강경애, 최원식 책임편집, 『인간문제』, 문학과지성사, 2006, 330면.

'식민지 시대 농촌 현실과 노동 문제의 리얼리즘적 재현'이라는 클리쉐로 수렴되는 것에서 방증된다. 여기에서 '첫째'의 목소리는 철저히 배제되어 있다. 중요한 것은 식민지 모순을 읽어내는 작가의 세계관과 문자적 재현 능력의 여부이지, 애초부터 문학 영역으로 진입할 자격을 획득하지 못한 '첫째'의 자리는 문학사에는 존재하지 않는다. 따라서 그가 '삐라'를 돌리지만, 정작 거기에 적힌 문자를 읽지 못한다는 사실은 중요치 않은 것으로 간주된다.

하지만 위의 인용문에서 '첫째'가 문자를 읽지 못함에도 불구하고 굳이 읽을 "필요"를 느끼지 못한다는 사실은 문제가 간단치 않음을 보여준다. '첫째'의 입장에서 자신이 비문해자라는 사실은 아무런 문제가 되지 않는다. 이는 문학사가들이 『인간문제』에서 읽어내는 식민지 모순과는 다른 무언가를 그가 이미 인식하고 있음을 의미한다. '첫째'는 문자로 만들어진 세계와는 '다른' 세계를 스스로 체득하고 있기 때문이다. 기실 문학사가들이 읽어내는 제국과 식민, 자본과 노동의 모순관계는 '형식'의 세계와 맞닿아 있는 추상의 세계에 다름 아니다. 반면 '첫째'의 세계는 구체적인 일상에서 끊임없이 현실의 모순을 인식하는 실감의 세계에 가깝다. 그 실감으로 인해 '첫째'는 자신이 배포하는 삐라를 설령 그녀가 문자를 모를지라도 '선비'가 읽어주기를 바란다. 비문해자인 첫째와 선비의 관계는 예컨대 형식과 선형의 관계와 같은 위계질서를 지니지 않는다. 단지 '삐라'가 지니는 불온한 물질성만으로도 그들 간의 교감이 가능하기 때문이다. 그러니, '첫째'는 '형식'이 읽어낸 것과는 '다른' 현실을 이미 읽은 셈인지도 모른다. 교감과 연대의 가능성을 실감하고 있다는 점에서 말이다.

『무정』으로부터 100여 년이 지난 지금까지, 여전히 문학은 문해자들만의 것으로 간주되고 있다. 이러한 인식은 결과적으로 문해자와 비문해자

간의 위계서열화를 공고히 한다. 이는 지적 격차의 문제를 문화적 '교양'의 습득 문제로 바꿔치기하는 효과를 낳는다. 그렇게 여전히 '첫째'의 목소리는 문학의 '외부'로 추방되어 있다. 하지만 문학이야말로 비문해자들의 '낮은 목소리'를 담아내는 양식이 아닌가? 문학이 공식적인 담화에서 배제된 이들의 이야기를 복원하는 양식이 아니라면, 도대체 무엇이 문학이란 말인가?

여전히 한국 사회에서 비문해자의 문제는 존재한다. 물론 한글 자모를 읽는 능력은 대다수의 성인이 지니고 있지만, 자신이 읽은 문자의 의미를 이해하고 이를 비판적으로 인식할 수 있는 능력, 나아가 이에 대한 자신의 견해를 논리적으로 표현할 수 있는 능력을 지니지 못한 비문해자는 약 600만 명으로 추산된다. 여기에 전문적인 어휘나 신조어, 외래어 등에 대한 비문해자를 포함할 경우 그 존재는 더욱 클 것으로 추정된다. 그렇다면 여전히 '첫째'의 이야기는 문학의 민주주의와 정치를 고민하는 우리에게 현재진행형의 것일는지도 모른다. 그러니까, 텍스트에 잉여로 새겨진 또다른 '첫째'의 목소리를 복원하는 것이 비평의 몫일는지도 모른다는 것이다. 적어도 현재 우리 비평은, 너무나 많은 '형식'의 이야기만을 반복재생산하고 있기 때문이며, 이는 곧 지적 위계서열화를 공고화하는 결과로 나타날 것이기 때문이다.

2. 글로써 앎 vs. 몸으로써 앎

문해 능력이 일종의 필수적인 도구적 기능으로 간주되면서, 비문해자는 곧 사회적 도태 대상으로 인식되는 것이 일반적이다. 그런데 여기에는 중요한 질문이 빠져 있다. 비문해자가 문해 능력을 갖추어야 하는 이유는 무엇인가? 단순히 기능적인 이유로 문해 능력을 갖추어야 한다면 그것은 또다른 억압기제로 작동할 가능성은 없는가? 아니, 이러한 인식 자체가 어쩌면 비문해자를 곧 '앎'에 대해 '무지'한 자로 규정하는 또다른 위계서열화의 결과는 아닐까? 따라서 문해 능력의 필요성을 논하기 전에, 먼저 비문해자의 다른 '앎'의 형태에 대해 승인하는 과정이 필요하다. 이 과정이 소거된다면, 비문해자의 앎은 곧 문해자의 앎보다 저열한, 앎 이전의 무엇으로 규정될 것이기 때문이다.

송경동은 문학과 정치의 일치를 극단적으로 보여주는 드문 시인이다. 그럼에도 불구하고 평단에서 활발히 논의되었던 '시와 정치'를 둘러싼 여러 비평들에서 그의 문학에 대한 논의를 찾아보기 어려운 것은 일견 기이한 일이기도 하다. 여러 이유가 있겠으나, 아마도 그의 시가 지닌 비문해자들의 문학으로서의 성격이 기성 문단에 낯선 스타일로 인식되었기 때문은 아닌가 싶다. 그만큼 송경동의 시는 지적 위계서열화의 문제와 대결하기 위한 치열한 시적 스타일의 모색을 보여주고 있다. 예컨대 다음과 같은 작품은 비문해자들의 문학사를 고민하는 우리가 반드시 경유해야 할 고민들을 제공해준다.

> 소년원에서 나는 문맹반 반장이었다
> 줄이 세 개 쳐진 완장을 두르고
> 세상을 이미 읽어버린 아이들에게
> 뜻을 잃은 말들의 파편을 가르쳐야만 했다
>
> 가갸거겨고교구규그기
>
> 기봉이는 열여섯에 벌써 세 번째

본적은 첫 겨울을 난 부산원
이름도 원장이 지어주었다 했다
겨울이 되면 따뜻한 소년원이
더 그리웠다는 아이
구로공단으로 기술이감 갔던 병준이에게선
서울원에 재수감되었다는 편지가 왔었다
"내가 그랬던 게 아니었어요"

가갸거겨고교구규그기

천둥번개 치는 날에는
껴안고 자기도 했던 아이들
형제가 되고 누이가 되기도 하던 아이들
성경책에 말아 피운 톱밥가루에도
세월이 타들어가는지
녹슨 철문이 녹을 털 듯
나를 털어냈을 때에도
마음의 창살은 쉬이 풀리지 않았다

가갸거겨고교구규그기

세월이 흘러
잘난 세상에 꺾이려 할 때마다
반장님 반장님, 중등반 개새끼들이
고등반 개새끼들이 멍청하다고 씹어요
콱 박아버려요 하던, 그 작은 친구들이
아직도 내 손목을 붙잡고 놓아주지 않는다[31]

---

31 송경동, 「우리들의 암송」, 『사소한 물음들에 답함』, 창비, 2009.

"가갸거겨고교구규그기"라는 문자는 비문해자인 이들에게 큰 의미를 지니지 못한다. 이들은 몸으로 "세상을 이미 읽어버린" 이들이기 때문이다. 따라서 이들에게 추상적 심급에 존재하는 문자란 "뜻을 잃은 말들의 파편"일 따름이다. "줄이 세 개 쳐진 완장"을 통해 주입되는 문자는 지적 위계서열화를 승인하라는 폭력에 다름 아니다. "가갸거겨고교구규그기"의 문자로 구성된 텍스트의 최상에 위치한 "성경책"이 결국 이들에 의해 "톱밥 가루"와 함께 연기로 화하는 것은 이 때문이다.

문자는 구체적인 사건들을 추상화하는 이론적 공정을 거쳐 현실을 텍스트로 재구성한다. 문제는 이 이론적 공정이 종종 지적 위계서열화를 정당화하는 역할을 수행한다는 것이다. 문해 능력을 지닌 이들은 추상적 층위에서 구체적인 사건들의 의미를 추출하는 작업을 수행할 수 있는 반면, 그렇지 못한 이들은 의미의 영역 외부로 추방되기 마련이다. 이는 "성경책"으로 표상되는 세계로의 진입 여부를 통해 구별된다. 여기에서 몸을 통한 세계 인식의 여부는 그 중요성을 박탈당한다. 지배적인 담론 장에 진입할 최소한의 자본을 획득하지 못했기 때문이다. 그러나 글로써의 앎이 몸으로써의 앎보다 선행하는가? 역으로 몸으로써의 앎이 선행되지 않은 글로써의 앎이야말로 현실과 괴리된 관념에 지나지 않는 것은 아닐까? 마치 삶을 위협하는 추위 앞에서 "성경책"이 단지 몸을 녹이기 위한 불쏘시개에 지나지 않는 것처럼 말이다.

송경동의 시적 스타일은 비문해자들의 문학사를 고민하는 우리에게 매우 많은 시사점을 던져 준다. 예컨대 그가 즐겨 사용하는 '행사시'의 문법은 문자가 아닌 현장에서의 구술을 통해 공동체와 소통하는 새로운 방식을 제시한다. 그는 문학이 문해자들의 고독한 서재에서 이루어지는 고답적 행위가 아니라, 아고라의 광장에서 인민들의 카니발을 통해 향유되는 공공재임을 상기시킨다. 그리고 그 카니발이 의미를 지니는 것은, 지적 위계서열화를 붕괴시키고 몸으로써 앎을 공유하는 또다른 서로 배움의 장을 열어내기 때문이다.

3. 무엇을 어떻게 읽을 것인가?

문해 능력을 갖춘 이들에게도 고민은 존재한다. 문자를 읽고 이로부터 이성적 사유의 계기를 마련하며 자신의 논리를 표현할 수 있는 능력을 획득했다는 것은, 곧 무엇을 어떻게 읽을 것인가에 대한 치열한 자의식으로 이어지기 마련이기 때문이다. 이는 문해 능력이 단순히 텍스트의 활자를 읽는 능력이 아니라, 자신의 삶과 공동체의 미래에 대한 지적 모색의 윤리를 추동하는 힘이기 때문이다. 그리고 이러한 윤리적 고민이 소거된 문해자란, 엄밀한 의미에서 비문해자와 다를 바 없는, 그리하여 세계를 읽어낼 수 없는 '문맹'에 다름 아니기 때문이다.

따라서 온전한 의미의 문해 능력을 갖춘 이들은 끊임없이 자신이 읽는 대상을 선별해야 하며, 나아가 읽는 방식에 대해 고민해야 한다. 이러한 과정을 경유하며 비로소 문해 능력은 기능적 층위의 도구가 아니라 존재론적 층위의 사유의 매개로 고양될 수 있다. 그런 의미에서, 어쩌면 문해자의 대부분은 기실 문맹에 지나지 않는 존재일는지도 모른다.

이재웅의 소설을 리얼리즘의 틀로 해명하는 것은 손쉬운 일이다. 그 또래의 다른 작가들과는 달리 현실 모순에 대한 깊이 있는 천착과 재현에 대해 꾸준히 고민하는 모습은 일종의 트렌드에 휩쓸리지 않은 채 자신의 미적 가치관을 지향하는 보기 드문 사례라는 점에서 주목될 수 있다. 그러나 이 글에서 보다 주목되는 것은, 그가 수많은 문자의 유희들 속에서도 유독 문해의 윤리에 대한 고민을 보여준다는 사실이다.

> 그들은 잠시 침묵했다. 점심시간은 점점 끝나가고 있었다. 식당 겸 카페의 손님들도 줄어들고 있었다. 종익은 업무시간에 늦지 않기 위해 손목시계를 내려다보았다. 그때 A가 말했다.
>
> "난 요즘 『공산당 선언』을 다시 읽는다."
>
> 그리고 A는 무엇인가를 더 말하려고 했다. 하지만 그는 곧 입을 닫아야 했다. 그것은 그 말이 끝나자마자 종익이 익살스럽고도 유쾌하게 웃으면서, "넌 아직도 그걸 읽는단 말이야? 그 낡은 책을?"하고 말했기 때문이었다.
>
> 그것이 석 달 전이었다. 그리고 A는 죽었다.[32]

얼핏 문해 능력은 가치중립적인 것으로 보인다. 그러니까 A가 읽는 『공산당 선언』이나 종익이 읽는 "주식 그래프"는 모두 문자로 이루어진 텍스트라는 점에서 동일한 것으로 파악될 수도 있다. 그러나 종익의 문해 행위가 "돈이 돈을 버는 세상"에서 "낙오자"와 "하층민"을 착취하기 위한 것임에 반해, A의 문해 행위는 종익이 꿈꾸는 "모든 권력과 제도의 삭제"를 위한 것이라는 점에서 명확히 구분된다. 종익의 문해 행위가 지적 위계서열화는 기반으로 하여 경제적 계급화를 공고히 하려는 수단으로 작동하는 반면, A의 문해 행위는 역으로 경제적 계급의 해체를 통해 지적 위계서열화 자체를 폐기하려는 의지의 소산이기 때문이다.

이재웅의 작품이 중요한 의미를 지니는 것은 문해 능력이 결코 가치중립적인 것이 아님을 극명하게 보여주고 있기 때문이다. 문해 능력은 곧

---

32 이재웅, 「1,210원」, 『실천문학』, 2012 가을, 348면.

무엇을 어떻게 읽을 것인가의 문제를 제기한다. 이에 대한 답에 따라 문해 행위는 지적 위계서열화를 고착화시키는 반문해적인 행위로 나타날 수도 있고, 반대로 지적 사유를 통해 지적 위계서열화를 내파하려는 온전한 의미의 문해적인 행위로 나타날 수도 있다. 당연하게도 후자의 경우 하나의 아포리아를 수반하기 때문에 문제적이다. 문해 능력을 갖춘 이가 스스로 비문해자와의 평등함을 꿈꾸는 것은 결코 쉽지 않은 일이기 때문이다. 따라서 A가 자살하는 것은 필연적인 것이기도 하다. 공동체 내에서 지적 위계서열화의 기획이 좌절된 시기, 그의 윤리적인 문해 행위는 미망에 가까운 것이기 때문이다. 문자와 지적 사유의 민주주의를 상징하던 『공산당 선언』이, 교환가치의 허구성을 폭로하는 문자 텍스트인 『공산당 선언』이 단지 "1,210원"으로 환원되는 현실이 이를 단적으로 보여준다.

그럼에도 문해 행위에도 윤리가 있다는 자명한 사실을 외면할 수는 없다. 문자로 위계서열화된 지적 격차는 곧 사회적, 경제적, 정치적 위계서열화를 재생산한다. 따라서 더 높은 문해 능력을 갖추었다는 것은 곧 지배권력의 담론에 편입될 기회를 획득한다는 것과 동일한 의미이다. 여기에 안주하며 편입할 것인가, 아니면 문해 행위의 윤리를 찾아 무엇을 어떻게 읽을 것인가에 대해 삶을 걸며 자문할 것인가? 이재웅은 정확히 이 지점을 묻고 있다. 그리고 이에 대한 답은 온전히 문해 능력을 갖춘 당신의 몫이기도 하다.

4. 지적 위계서열화의 해체와 연대의 가능성

송경동이 몸으로써의 '앎'을 통해 글로써의 '앎'이 지니는 허구성과 관념성을 비판하며 비문해자의 '앎'을 복원시킨다면, 이재웅은 문해자로 하여금 무엇을 어떻게 읽을 것인가에 대한 난감한 질문을 끊임없이 수행하게 만든다. 그렇다면 이들 비문해자와 문해자간의 연대의 가능성은 존재하는가?

손홍규의 「마르께스주의자의 사전」은 여러모로 흥미로운 작품이다. 이 작품은 이른바 '연대 사태'로 호명되는 1996년 여름의 사건에 대한 패배자의 기록인 동시에, 문해와 비문해자의 연대가 어떻게 가능한지를 보여주는 중요한 사례이기도 하다.[33] 글의 앞부분에서 우리에게 필요한 비평적 작업은 텍스트에 잉여로써 기입된 비문해자들의 목소리를 적극적으로 복원하는 것이라고 언급했다. 더욱이 그 텍스트가 패배자들의 역사를 기록한 것이라면 그 중요성은 더욱 커진다. 패배자들의 목소리 역시, 결국에는 비문해자들의 목소리와 마찬가지로 지배적인 담론 장의 '외부'로 추방될 운명이기 때문이다. 따라서 이들 추방된 목소리들은 서로 간의 연대의 문법을 창출하기 위한 실험을 감내해야 한다. 그리고 그 시작은 서로의 목소리가 결국 추방될 운명임을 자각하는 것으로부터 가능할 것이다.

> "나는 마르께스주의자야." 그는 이런 말을 누나들에게도 했다. 누나들은 근심스러운 눈빛으로 그를 보았다. 어린 시절부터 어머니 노릇을

---

33 1996년 여름의 일련의 사건(소위 '연대 사태')에 대해서는 손홍규 외에도 고(故) 김소진이나 윤이형 등이 소설화한 바 있다. 이에 대한 논의는 이 책의 2부에 실린 「기억은 어떻게 역사가 되는가?-1996년 여름을 역사화하는 세 가지 방식」을 참조.

했던 큰누나가 한숨을 푹 내쉬었다. "젊은 시절에 마르크스주의자가 아니면 그것도 바보라고 했으니까." 종합병원의 간호사인 큰누나에게선 늘 강렬한 클로로포름 냄새가 났다. 아버지 노릇을 했던 작은누나는 그 옆에서 화난 얼굴로 고개를 주억거렸다. 백화점 화장품 판매원인 작은누나에게선 늘 희미한 아세톤 냄새가 났다. 그는 할 말이 없었다. 마르께스주의를 마르크스주의로 오해한 것도 그러하지만 식민지 시대에나 통용되었을 법한 농담을 누나들의 입에서 듣게 된다는 게 어쩐지 역사는 진보하지 않고 순환한다는 증거인 듯해서였다.[34]

대학의 동아리에서 문학을 공부하는 '그'는 스스로를 "마르께스주의자"라고 칭한다. 그러나 문학 용어에 대해 비문해자에 가까운 그의 누나들은 이를 "마르크스주의자"로 오인한다. "발자크"와는 다른 존재로 스스로를 호명하기 위해 그가 선택한 "마르께스주의자"는 이들에 의해 결국 "마르크스주의자"로 인지되는 셈이다. 이 장면에서 "그는 할 말이 없었다." 왜냐하면 문해자인 그에게 이 상황은 "역사는 진보하지 않고 순환한다는 증거"로 인지되기 때문이다. "식민지 시대"의 지적 자본으로부터 벗어나지 못한 누나들과 이미 사적 유물론은 물론 메타 픽션의 세계를 문자로 익힌 그 사이의 간극은 이토록 크다.

그러나 그가 1996년 여름의 사건들로부터 패배하는 순간, 비로소 비문해자와의 지적 위계서열화가 전도되기 시작한다. 그 역시 대문자 역사로부터 추방된 존재임을 자각하면서 문자가 지닌 폭력성을 인식한다.

그는 블라인드 너머에서 들리는 소리에 귀를 막았다. 전경들은 체포한 학생을 장난감처럼 다루었다. 어느 총련이야? 광주라고? 이 새끼들

---

34 손홍규, 「마르께스주의자의 사전」, 『톰은 톰과 잤다』, 문학과지성사, 2012, 77면.

> 은 그때 씨를 말려버렸어야 했는데. 그때 뒈지지 않은 걸 후회하게 해 주마. 너 저 안에서 씹했지? 몇 명 따먹었냐? 그는 폭력의 오금을 보는 듯한 기분이었다. 안락하고 잔인한 움푹 팬 공간. "그 학생이 전경의 쇠파이프에 두들겨 맞으며 내지르던 비명 때문이 아니었어. 나는 …… 그 말들이 모두 사전 속에 있다는 사실이 참기 힘들었던 거야." 마르께스주의자는 그동안 자신이 삼켰던 낱말들을 모두 토했다. 1년여 동안 그가 공들여 씹었던 낱말들이 몇 줌 위액으로 바닥을 적셨다. 부질없는 언어들. 그는 칼로 부은 정강이를 쨌다. 거기에서도 피고름 같은 언어들이 흘러내렸다. 그는 존재하지 않는 나라의 시민이었다고 말했다. 의무도 권리도 없는 나라. 그러나 왠지 내게 그곳은 아름다웠다. 영주권도 시민권도 없는 결코 만날 수 없는 나라.[35]

현실에서 벌어지는 지독한 폭력 앞에서 문자로 이루어진 추상적인 개념들은 그 힘을 잃는다. 예컨대 민주, 해방, 연대 같은 단어들은 가시적인 폭력 앞에서 "부질없는 언어들"로 화한다. 더욱 끔찍한 것은 문자가 폭력의 도구로 사용된다는 점이다. 그가 사전을 씹어 먹으며 외운 어휘들은 현실의 맥락 속에서 극도의 폭력을 자행하는 도구로 전락한다. 현실에서 패배한 자들은 문자의 세계에서도 추방된다. 문자의 세계 역시 엄연히 지배권력이 작동하는 담론의 공간이기 때문이다. 이렇게 패배자의 목소리는 마치 비문해자의 목소리와 마찬가지로 공적 영역으로부터 추방된다. 따라서 패배한 그가 "그동안 자신이 삼켰던 낱말들을 모두 토"하는 것은 필연적이다.

그러나 바로 이 지점에서 '그'는 비로소 누이들과 연대할 수 있는 가능성을 획득한다. 현실의 폭력 앞에서는 "마르께스주의자"도 "마르크스주

35 손홍규, 앞의 작품, 101~102면.

의자"일 수밖에 없는 것이 문자의 룰이기 때문이며, 이 질서 안에서 추방되는 순간 그도 누이들과 마찬가지로 목소리를 잃은 자로 전락하기 때문이다. 이들의 연대를 통해 만들어지는 공간은 문자로 구성된 지적 위계서열화가 해체된, 그리하여 "존재하지 않는 유일한 사물은 사전"인 "공화국"[36]일 것이다.

기실 문자를 통한 지적 위계서열화는 문해자와 비문해자 모두가 지배담론으로부터 추방된 존재임을 자각할 때만 해체될 수 있다. 문자로 구성된 이성적 사유가 현실의 권력으로부터 억압당할 때, 문해자는 비로소 자신이 비문해자와 마찬가지로 목소리를 잃은 존재임을 인식하게 된다. 이러한 인식을 통해 문해자와 비문해자의 연대가 비로소 가능해진다. 이는 또다른 문자를 통해 새로운 지적 위계서열화를 구성하는 방식이 아니라, 문해와 비문해의 경계 자체를 허무는 과정을 통해, 그리하여 지적 위계서열화의 표상인 "사전"을 제거하는 방식을 통해 수행될 수 있다. 그리고 이 자리에서 새로운 '앎'과 서로 배움이 시작될 수 있을 것이다.

5. 공공재로서의 문자와 문학

문자는 특정 계급의 소유가 아닌 모든 사회 구성원에게 동등하게 제공되어야 하는 공공재이다. 이 문자를 통해 특정 계급에게 국한되어 있던 세계에 대한 인식과 이에 대한 사유, 그리고 자기 목소리의 표출이 가능해진다. 모두가 태어날 때부터 평등한 인권을 부여받는다면, 그것은 곧

36 손홍규, 앞의 작품, 105면.

문자에 대한 우애로운 공유를 통한 자기 정체성의 모색과 표현으로 구체화 될 수 있다. 이는 문자로 구성된 문학에도 마찬가지로 적용된다. 문학은 몇몇 문화적 상징 자본을 획득한 이들의 유희가 아닌, 아고라의 광장에서 인민간의 우애로운 마주침을 가능하게 만드는 카니발의 형식이어야 한다. 마치 육체가 숨쉬기 위한 공기가 우리 모두의 소유인 것처럼, 감성과 사유를 숨쉬게 하는 문자와 문학 역시 우리 모두의 공공재이다.

그러나 우리 문학은 고도의 문해 능력을 지닌 몇몇 소수에게만 향유의 기회를 제공했다. 아니, 고도의 구별짓기와 아비투스의 재생산을 통해 지적 위계질서화를 공고화했다는 것이 보다 정확한 표현일 것이다. 이 과정에서 문자와 문학은 문화적 특권층의 전유물로 전락했으며, 사적 소유의 대상으로 변질되었다. 근대 문학의 위기란 기실 사회구성원들과 소통하지 못한 이들 문화적 특권층의 필연적인 몰락에 기인하는 것인지도 모른다.

여기에 비평의 책임이 크다는 점은 분명한 사실이다. 우리 비평은 너무나 많은 '형식'의 목소리에만 귀를 기울여왔다. 이 과정에서 텍스트에 잉여로 새겨진 '첫째'의 목소리를 복원하려는 의식적인 노력은 거의 이루어지지 않은 것이 사실이다. 나아가 비문해자들의 '앎'의 방식을 승인하고, 문해자의 윤리에 대해 고민하고, 비문해자와 문해자의 연대를 구상하는 비평적 작업은 이제 겨우 시작되었을 따름이다. 문화적 엘리트로서 고고하게 고립되어 고사할 것인가, 아고라의 광장에서 공공재로서의 문자와 문학의 상을 복원할 것인가? 선택은 온전히 당신의 몫이다.

기억은 어떻게 역사가 되는가?

–1996년 여름을 역사화하는 세 가지 방식

1. 1996년 여름, 그리고……

기억은 기록됨으로써만 그 의미를 획득할 수 있다. 어떠한 충격적인 기억도 텍스트의 형식으로 기록되지 않으면 일회적인 사건에 그치고 만다. 텍스트의 궁극적인 힘은 개체의 기억을 타자와의 교감을 통해 보편적인 역사로 구성하는 것이기 때문이다. 그런 의미에서 개체의 기억을 담은 소설 텍스트는, 그 미학적 성과 외에도 구체적인 아래로부터의 역사를 구성하는 담론으로서의 의미 역시 지닌다. 특히 소설이 공식적인 담화 형식에서 배제된 개체의 체험과 기억을 기록하는 형식이기에 그 중요성은 더욱 커진다. 대문자 역사는, 언제나 몇몇 건조한 지배 담론의 틀로 개체의 사건을 환원시키는 폭력을 행사하기 때문이다.

그러니 기록해야만 한다. 공적 담화에서 배제된 이들의 목소리를 역사화하기 위해서는 말이다. 이 기억의 기록으로서의 텍스트를 통해, 비로소 우리는 공식화된 대문자 역사 이면에 숨겨진 개체의 '진실'을 복원시킬 수 있다. 그리고 기실 지배 담론의 틈새를 뚫고 나오는 이들의 목소리야말로 문학적이다. 문학은 기존의 지배적인 담화 구조를 전복하는 '다른' 이야기의 가능성을 담지한 형식이기 때문이다.

이 글은 1996년 여름을 전후한 시기의 사건을 다룬 세 편의 텍스트를 살펴보고자 한다. 그때 무슨 일이 있었던 것일까? 1996년 여름, 연세대에서 약 2만여 명의 학생들이 '범민족대회'를 치루려 했고, 이를 불법시위로 규정한 정부는 공권력을 동원해 강경 대응에 나섰다. 그 결과 약 10일 동안 연세대 안의 학생들은 감금된 채 공권력에 격렬하게 저항했으며, 결국 8월 20일 공권력이 연세대 안에 진입하여 마지막까지 농성 중이던 6000여 명의 학생들을 연행하는 것으로 이 사건은 종결된다. 이것이 공식적으로 기록된 연세대 사건[37]의 전말이다.

그러나 이것으로는 아무래도 부족하다. 위의 건조한 진술로부터 우리가 1996년 여름의 일련의 사건에 대해 알 수 있는 것은 아무것도 없다. 무엇보다 위의 진술에는 이 사건에 대한 개체의 구체적인 기억이 부재하다. 그렇다면 위의 진술에 부재한 낮은 목소리는 어디서 찾을 수 있을까? 이제 그 목소리를 담은 세 편의 소설 텍스트를 살펴볼 차례이다.

---

37 일반적으로 이 사건은 '연대 사태'로 불린다. 학생들의 폭력성과 이적성이 '사태'를 낳았다는 것이다. 반면 이를 '연대 항쟁'으로 기억하는 이들도 있다. 조국 통일과 반미 구국을 위한 학생들의 투쟁이었다는 것이다. 나는 이 두 가지 규정에 모두 동의하기 어렵다. 매년 별다른 충돌 없이 지속되어 오던 범민족대회를 갑자기 '붉은 색'으로 도배하여 그 해 연말 대선을 앞두고 불안정해진 정권의 입지를 강화하려는 의도가 개입되어 있었기에 '연대 사태'라는 호명은 부적절하며, 대중과의 교감의 정치를 실험하지 못한 채 스스로 고립되는 방식을 택했다는 점에서 '연대 항쟁'이라는 호명 역시 부적절하다. 이 글에서는 이에 대한 섣부른 가치 판단을 피하기 위해 '연(세)대 사건'으로 호명하기로 한다.

2. 반복으로서의 역사와 휴머니티의 문제

고(故) 김소진은 그 또래 세대에서도 독특한 위상을 지닌다. 신경숙으로 대표되는 이른바 '63세대' 작가들이 90년대적인 것의 화려한 귀환과 함께 내면의 '발견'과 감수성의 '복원'을 자신의 문학적 포지션으로 설정한 것에 반해, 김소진은 80년대적인 것의 연속선 속에서 문학과 사회와의 새로운 관계맺음의 방식에 대해 고민했던 작가이기 때문이다. 그의 수작(秀作)인 「열린 사회와 그 적들」을 다시 읽어보자. 1991년 5월, 그러니까 실질적인 1980년대 변혁 운동의 끝자락에서 김소진이 주목하는 것은 양심적인 지식인이나 학생 등의 존재가 아니라, 이들의 대열에서도 배제당하는 "밥풀떼기"들의 존재이다. 그가 활동했던 1990년대 초반, 주류적인 문학적 흐름이 내면의 발견과 감수성의 복원 등 좁은 의미의 문학주의로 모아지던 때, 김소진은 오히려 1980년대 문학의 변혁에의 열정이 미처 보지 못한 존재들의 목소리를 복원하고자 한다. 이 점이 김소진이 지니는 독특한 문학사적 위상이라고 할 수 있을 텐데, 그는 섣불리 80년대적인 것을 부정하는 방식으로 자신의 문학적 지향을 선언하는 방식이 아니라, 오히려 80년대적인 것의 한계를 그 내부에 대한 성찰을 통해 탐색하려는 문학적 지향을 보여준다.

김소진은 그가 죽기 얼마 전, 연대 사건을 배경으로 한 소설을 한 편 남긴다. 「신풍근 베커리 약사(略史)」가 그것인 바, 이 작품은 한국 현대사의 굴곡을 살아온 신풍근의 시선을 통해 1996년 연대 사건을 바라보는 독특한 구조를 지니고 있다. 흥미로운 것은 이러한 관점에서 연대 사건은 과거의 역사적 사건의 흐름 속에서 재해석된다는 점이다. 이는 당시 학생운동 지도부의 다음과 같은 연대 사건에 대한 평가와의 대비 속에서 그 역사성을 획득한다.

> 탄압을 받고 나온 지 얼마 안 돼서 힘들겠지만 지금이 조직 재정비의 중요한 시기인 것은 잘 알고 있겠지? 이럴 때일수록 힘차고 낙관적으로 사업을 추진하는 게 바로 운동가의 올바른 품성이잖아. 내가 언제 운동가에 속했었나요 뭐? 무슨 소리야? 우리 학교에서 연세대에 도대체 몇 명이나 들어갔어? 채 백 명이 안되잖아. 물론 이걸로 절대적 잣대를 삼을 순 없지만 그 중에서 특히 이, 삼학년들은 중심적 운동가라고 봐야지. 형, 우리에겐 왜 그게 없죠? 뭔데? 위에서부터의 내부 반성이나 비판 같은 것 말예요. 내부 반성? 아니 우리가 지금 반성을 할 때라는 거야 넌?
>
> 재덕은 정민의 눈이 휘둥그래지는 걸 보면 고개를 끄덕였다.
>
> 왜 그렇게 생각하지? 넌 이번 싸움에서 우리가 진 거라고 생각하는구나. 이것이 시련임에는 틀림없지만 우리의 난관은 일시적일 뿐이지 않을까. 정권의 하수인인 언론의 이성을 잃은 광란적 보도 때문에 한때 국민 여론이 썰렁했던 건 사실이지만 시간이 지날수록 통일과 애국의 순수한 열정을 가졌던 학우들의 진실이 국민들의 공감을 사고 있다고 봐. 우리 한총련은 도덕적으로도 완벽한 승리를 거뒀다구. 다음번 대선만을 염두에 둔 이 정권은 이번 사태를 통해 비민주적이고 비인도적인 행위를 자초함으로써 스스로 문민이라는 문패를 떼고 그 파쇼적 본질을 여지없이 폭로당했어. 생각해보자. 우리의 피에 물든 근현대사가 어땠는지를. 마치 어둠이 짙을수록 새벽이 가까이 다가오는 것처럼 탄압이 심할수록 우리의 통일 운동의 승리는 확정적 아니겠니?[38]

위의 인용문에 나타난 '정민'의 발화는 당시 연대 사건에 대한 학생운동 지도부의 인식을 고스란히 보여준다. 실제 당시 한총련의 공식적인 입장

---

38 김소진, 「신풍근 베커리 약사(略史)」, 『문학과 사회』, 1996 겨울, 1632면.

은 정확히 위의 진술과 일치한다. 대선 정국을 앞두고 주도권을 잡으려는 보수세력에 의해 일시적인 공안탄압이 벌어졌으나, 이는 한총련의 헌신적인 투쟁을 통해 문민정부의 파쇼적 성격을 폭로하는 성과로 전화되었다는 것이 그것이다.[39] 그러나 위의 진술에도 구체적인 개체의 기억은 부재하다. 보수세력의 연대 사건에 대한 평가와는 정반대의 관점에서 진술되고 있으나, 그 발화 형식은 일견 기이하리만치 동일하다. "통일"을 기준으로 개체의 기억이 환원되는 형식을 취하고 있기 때문이다. 마치 보수세력의 평가가 레드 콤플렉스를 기준으로 모든 개체의 기억을 환원시키는 것처럼 말이다. 따라서 김소진이 다음과 같은 신풍근 할아버지의 발화를 통해 공식적인 진술 이면의 개체의 기억을 복원시키는 장면은 주목될 필요가 있다.

> "으, 으응…… 커, 시원하고. 아, 그래서 어떡하누? 이 더운 날에는 빵이 오래가질 못하거든. 앙꼬도 쉬이 상하고 비닐 안이니까 빵도 다 물크러질 텐데 말이야. 애가 타서 입술은 바짝바짝 마르지. 이건 하늘이 두 쪽이 나도 내 손주한테 먹이긴 글렀구나 싶어서 어느 주택가 골목 목련나무 그늘에 털썩 맥이 풀려 주저 앉어서 쉰다는 게 그만 전경 애들 일개 소대 옆이 되고 말더구먼. 근데 보니 그 젊은이들도 고생 많이 하대. 하이바를 벗으나까 안경 쓴 앳된 젊은이들뿐이야. 지들끼리 점심때가 훨씬 지났는데 식사 추진이 안 된다며 돈 거둬서 빵하고 음료수나 사서 때우자고 한숨을 푹푹 쉬는 소릴 들었어. 그 소리를 듣는 순간 나도 모르게 배낭 끈을 풀었어. 그리곤 빵 봉다리들을 하나하나 꺼냈다구. 보니 아직은 먹을 만하고…… 무전기를 들고 있는 고참인

39 물론 당시 한총련 비주류에 속했던 일부 NL 계열이나 범 PD 계열의 학생운동 조직들은 이와는 상이한 평가를 내리기도 했다. 그러나 이 부분에 대한 세밀하고 정치한 논의는 이 글의 범위를 벗어나는 것이기에 생략한다.

듯한 젊은이를 손짓으로 불렀어. 그 친구 눈이 휘둥그래지더구먼. 몇 번이나 고개를 굽신거리며 할아버지 고맙다고 인사를 하고…… 재덕이 네 또래만한 젊은이들이 빵을 허겁지겁 먹으며 허기를 끄는 모습을 보니 그래도 빵을 쓰레기로 버리지 않아 다행이구나 싶으면서도 왜 그렇게 눈물이 나오는지…… 너랑 맞설지도 모르는 젊은이한테 기껏 너를 주려고 갖고 갔던 빵을 먹이고는 그 꾸역꾸역 먹는 전경들 모습을 보니깐 맴이 이상해. 그래도 지금 생각해도 그것 하나는 잘한 일 같아. 내가 취했니 재덕아?"[40]

위에서 인용한 신풍근 할아버지의 진술이 무게감을 지니는 것은, 1996년 여름의 사건이 4·19, 1980년 광주 등 굵직한 한국현대사의 맥락에서 역사화되고 있기 때문이다. 그리고 그 역사화가 바로 신풍근 할아버지의 구체적인 기억으로부터 진행되고 있기에 대문자 역사의 진술은 비로소 개체의 실감의 차원에서 재구성된다. 민주주의나 통일, 반외세 등의 담론들은 그의 증언을 통해 구체적인 개체의 역사로 현현하며, 이는 1996년 여름의 사건 역시 마찬가지이다.

그러나 문제는 신풍근 할아버지의 기억이 과연 타자와의 교감을 통해 보편적인 성격을 획득할 수 있는가의 여부이다. 김소진은 여기서 거대 담론 이전의 휴머니티의 가치를 복원시킴으로써 그 가능성을 타진하려 한다. 그 결과 반복되는 수난의 역사와 이를 버티는 힘으로서의 휴머니티의 가치가 전면화된다. 이 지점이 정확히 김소진이 거둔 최대의 성과이자 한계일 것이다. 그의 문학적 지향은 90년대적인 것의 갑작스러운 귀환 속에서, 자신의 위치를 역사적 맥락 속에서 확인하려는 성찰로 요약될 수 있

40 김소진, 앞의 작품, 1671~1672면.

다. 그러하기에 그는 연대 안에 갇힌 손자 대신 전경에게 자신이 만든 빵을 먹이는 신풍근 할아버지의 휴머니티를 발견할 수 있었다. 그러나 동시에 그는 반복되는 역사적 사건 사이의 미세한 '차이'를 의미화하는 것에 이르지 못했다. 어쩌면 이미 1986년 건대 사건[41]을 목격한 김소진에게, 1996년 연대 사건은 역사의 비극적인 반복으로 인식되었을는지도 모른다. 그리고 이 비루한 역사의 반복을 넘어서는 길은 휴머니티의 형식 외에는 없었을는지도 모른다. 그는 1996년 연대 사건 이전에, 이미 이와 너무나도 유사한 광기와 폭력을 목격한 존재였기 때문이다.

3. 개체의 문화정치와 기억의 윤리

윤이형의 「큰 늑대 파랑」은 이 작품을 둘러싼 수많은 비평에도 불구하고 그 역사적 맥락이 충분히 논의되지 않은 감이 있다. 대다수의 비평이 주로 이 작품의 환상적 성격과 버츄얼 리얼리티의 문제에 집중되면서, 정작 작품에 각인되어 있는 1996년 여름 전후의 사건이 지니는 의미는 간과되었다. 그러나 '파랑'의 탄생이 1996년 여름 전후의 사건을 직접적인 배경으로 한다는 사실은 텍스트에 뚜렷하게 다음과 같이 각인되어 있다.

> 미스터 블론드가 경찰의 귀를 잘라내고 있었을 때 종로 근처의 어느

41 1996년 연대 사건이 일어나기 정확히 10년 전인 1986년 애학련(전국 반외세 반독재 애국학생 투쟁연합)의 발족식이 건국대에서 열린다. 이를 불법으로 규정한 군사정권은 3일간 건대 전체를 봉쇄하고 참여자 전원을 연행한다. 총 1447명이 연행되었으며 1288명이 구속된 이 사건은 한국 학생운동 사상 최대의 공안사건으로 기록되어 있다.

인쇄소 기계 뒤에서 남학생 하나가 쓰러져 죽었다. 남학생은 넷과 같은 학교 학생이었고 학년도 같았다. 정확한 사인을 규명중이지만 경찰의 과잉 진압 때문이었을 가능성이 크다고 뉴스에는 씌어 있었다.

다음날 밤 네 아이들은 언제나처럼 특별한 이유 없이 작은 방에 모였다. 그리고 두시간쯤 천장만 바라보며 함께 누워 있었다. 마침내 한 아이가 일어나 앉아 마우스로 모니터 속의 하얀 공간에 작은 늑대를 그리기 시작했다. 불확실한 여러개의 선을 겹쳐 뼈를 세우고, 새파란 물감을 몸위에 부어 살을 만들었다. 그는 파랑의 아버지가 되었다. 나머니 세 아이들이 일어나 모니터를 둘러쌌다. 그녀들은 파랑의 어머니가 되었다.

어머니들과 아버지는 알지 못했지만, 파랑이 눈을 뜨자마자 맡은 것은 짙은 피내음이었다. 늑대의 날 선 본능이 갓 태어난 파랑의 온몸을 붙잡고 흔들었다. 파랑은 조그만 눈동자를 좌우로 굴려 주위를 둘러보았다. 아무도 옆구리를 물어뜯기지 않았고, 무리에서 낙오되어 바닥을 뒹굴고 있지도 않았다. 하지만 역시 피냄새가 났다. 마룻바닥 어딘가에 흥건한 피웅덩이가 있다는 것을 파랑은 알고 있었다.[42]

위의 인용문에 나온 남학생의 죽음은 1996년 3월 29일 서총련 집회 중 전경의 과잉진압으로 사망한 고 노수석의 죽음을 일컫는다. 1996년 여름의 전사(前史)에는 이른바 열사정국이 놓여 있었다. 고 노수석의 죽음을 시작으로 진철원, 권희정, 황혜인, 오영권 등의 죽음이 이어졌으며, 이는 곧 학생운동 진영과 정권간의 팽팽한 대결구도로 이어졌다.[43] 이러한 과

42 윤이형, 「큰 늑대 파랑」, 『창작과비평』, 2007 겨울, 291~292면.

43 이러한 구도는 한총련으로 대표되는 학생운동 진영에는 매우 급박한 변화였다. 1995년 전두환과 노태우의 사법처리를 주된 의제로 설정했던 한총련은 다른 이유로 5공 세력과의 단절을 추구했던 김영삼 정부와 큰 갈등을 빚지 않았다. 그러나 불확실한 5공 청산과 96년 초 일련의 열사정국, 그리고 예정된 총선과 대선 일정을 앞두고 한총련은

정을 경유하며 1996년 봄에서 여름까지 한총련 지도부는 강력한 투쟁국면을 기획한다.

그런데 엄밀히 말해서 당시 한총련으로 표상되는 학생운동 지도부의 '정치'적 전략은 80년대 민주 대 반민주의 이분법적 대립구도의 틀을 전혀 벗어나지 못했다. 바꾸어 말하자면 1991년 계급투쟁의 패배 이후, 급격히 변화된 한국사회의 구조와 이에 따른 대중의 망딸리떼의 변화를 읽어내지 못한 채, 여전히 반미와 통일을 핵심적인 가치로 설정하며 다양하게 분화된 개체들을 획일적이고 선험적인 '애국 청년'으로 호명하는 메커니즘을 극복하지 못했던 것이다. 이는 특히 대중저항주체의 형성 과정에서 치명적인 한계로 나타났다. 이미 개체들의 정치성은 젠더와 문화, 교육과 생태 등의 다양한 형태로 분화되어 나타나기 시작했으나, 당시 한총련 지도부는 이를 네트워킹할 만한 의지도, 능력도 지니지 못한 것이 사실이었다.[44]

윤이형의 「큰 늑대 파랑」이 주목되는 것은 이 때문이다. '파랑'의 부모들은 1996년 여름의 전사(前史) 앞에서 단지 "시위대의 맨 뒤에 가서 섰"을 뿐이며, 여기에 "특별한 이유는 없었다". 그리고 이들은 곧 "쿠엔틴 타란티노"의 영화를 보러 간다.[45] 이들에게 중요한 것은 예컨대 반미구국이나 조국통일 등의 거대담론이 아니라, 문화적 층위에서 작동하는 개체의 정

김영삼 정부와 완전히 적대적인 관계를 맺게 된다. 이런 맥락에서 1996년 연대 사건은 이미 예정되어 있던 것일는지도 모른다. 김영삼 타도와 좌익세력 척결의 대립구도는 이미 이 시기부터 형성되었기 때문이다.

44 주류적 학생운동 진영에 대한 비판적 논의는 『오래된 습관 복잡한 반성』(2), 이후, 1998에 비교적 상세히 수록되어있다.

45 윤이형, 앞의 작품, 290면.

체성 호명의 문제이다. 이들 거대담론이 더 이상 자신의 정체성을 호명하는 기제로 작동하지 못하며, 오히려 정체성은 쿠엔틴 타란티노의 컬트적인 하위문화 코드를 통해 호명되기 때문이다. 이러한 이유로 인해 이들은 시위대의 한 가운데 참여하는 대신, 쿠엔틴 타란티노의 영화를 택한다.

그러나 이들이 택한 문화정치의 전략이 급진적인 학생운동의 전략과 네트워킹 될 가능성은 여전히 잠재되어 있다. "하교길, 먼지가 날리는 교정을 걷다 보면 가끔씩 머리 위로 작은 돌이 날아가는 일이 있었"[46]고, 이들 역시 작은 돌을 피할 수 없는 동시대의 젊은이들이었기 때문이다. 따라서 1996년 여름의 전사(前史)를 직접적인 배경으로 탄생한 '파랑'이 "피냄새"를 맡은 것은 필연적이다. 다만 문제는 이 "피냄새"와 대결하기 위한 저항 주체 형성의 전략일 뿐이다. 윤이형이 「큰 늑대 파랑」을 통해 보여주는 문제의식은 정확히 이 지점까지이다. 과거의 저항이 그 유효성을 상실한 채 낡은 것으로 경화되었고, 아직 새로운 저항의 방식이 도출되지 않은 시기 소설은 무엇을 할 수 있는가? 기억을 역사로 만드는 작업이 그 중 하나가 아닐까? 이를 통해 다음과 같은 미적 전율의 계기를 생성하는 것이 기억을 역사화하는 소설의 몫일는지도 모른다. "언젠가 우리가 우리를 잃고 세상에 휩쓸려 더러워지면, 파랑이 달려와 우리를 구해줄 것이다."[47] 비록 그 구원이 죽음의 형식일지라도 말이다.

기실 기억이 역사화되는 것은 언제나 사후적인 해석을 통해서만 가능하다. 사후적인 해석은, 곧 사건의 '이후'에 이를 반추하는 형식이기에 종종 사건의 '현재'가 지니는 전율의 계기를 손쉬운 '화해'의 이름으로 순치

46 윤이형, 앞의 작품, 291면.

47 윤이형, 앞의 작품, 323면.

시키곤 한다. 이는 1996년 일련의 사건들에도 마찬가지이다. 여전히 우리는 1996년의 사건을 올곧은 의미의 역사로 호명할 자세를 지니고 있는가? 그렇지 않다면, 곧 "우리가 우리를 잃고 세상에 휩쓸려 더러워지면" 무엇을 할 수 있단 말인가? 이때 "달려와 우리를 구해"주는 존재란 무엇인가? 손쉬운 화해의 서사를 거부하고, 사건의 현재가 지니는 전율을 다시 기억하게 하는 힘이 '파랑'이 아닐까? 윤이형의 「큰 늑대 파랑」은 이토록 결연하게 기억을 역사화하는 자의 윤리에 대해 말하고 있다. 이 윤리를 망각한다면, 결국 남는 것은 기억의 '죽음'에 다름 아닐 것이다.

4. 두 겹의 시선을 통한 증언의 미학화

김소진과 윤이형이 기억을 역사화하는 방식은 얼핏 정반대의 것으로 보인다. 김소진의 방식이 역사적 맥락 속에서 1996년의 사건들의 위상도를 모색한다면, 윤이형의 방식은 역으로 현재의 관점에서 이를 역사화하는 자세의 윤리에 대해 묻고 있기 때문이다. 아마도 일종의 세대론적인 위치의 차이가 이러한 다른 방식을 낳았을지도 모른다. 1986년 건대 사건을 목격한 세대와, 쿠엔틴 타란티노의 하위문화를 통해 주체성을 호명받던 세대는 분명 다르기 때문이다.

그런 면에서 손홍규의 위치는 매우 난감하다. 그는 선배 세대가 지녔을 법한 명확한 역사적 전망과 실천의 의지를 집단적으로 공유한 세대도 아니며, 그의 후배 세대가 지녔을 법한 문화정치학의 주체 호명 기제를 수용한 세대도 아니기 때문이다. 거칠게 말해 그는 1980년대 민중문학과 리얼리즘의 흐름의 끝에 위치한 세대이며, 새로운 미학적 프레임으로서 대두한 내면과 개체의 발견에 내적 저항을 느끼던 세대이기도 하다. 이러한 일종의 낀 존재로서의 자의식은 「마르께스주의자의 사전」을 통해 매우 뛰어나게 형상화되고 있다.

「마르께스주의자의 사전」에서 주목되는 것은 작품의 서술자와 초점화자 사이에 분리와 균열이 나타난다는 사실이다. 사건을 서술하는 주체인 '나'와 사건의 중심인물인 '그'가 분리되어 있다는 점은 손홍규가 1996년 여름의 사건에 대해 두 겹의 시선을 지니고 있음을 방증한다. 작품에 흔적처럼 새겨져있는 '나'는 당시 학생운동에 적극적으로 참여했던 인물로 추정된다. 이는 '그'가 연세대에 진입한 이유가 바로 '나' 때문이었다는 진술에서 단적으로 나타난다. 반면 '그'는 '나'의 위치와는 다소 다른 지점에서 사건에 개입한다. '마르크스주의자'가 아닌 '마르께스주의자'인 '그'의 시선을 통해, 비로소 '나'의 시선과는 다른 관점에서 1996년 여름의 기억은 새로운 의미를 획득한다.

기실 손홍규의 입장에서라면, '나'의 시선을 전면화시켜 서술하는 방식이 훨씬 수월한 길이었을지도 모른다. 그는 1996년 여름을 온 몸으로 겪었으며, 이를 아직까지 뚜렷하게 기억하는 몇 안되는 인물 중 하나이기 때문이다. 그럼에도 불구하고 손홍규는 '그'의 시선을 통해 1996년 여름에 대해 이야기한다. 이로 인해 이 작품에서 연대 사건에 대한 의미화는 두 겹의 시선을 통해 수행된다. 하나는 텍스트의 이면에 숨겨진 '나'의 시선이고, 다른 하나는 텍스트에 진술된 '그'의 시선이다. 이 두 시선간의 균형으로 인해 손홍규는 체험을 절대화하려는 유혹을 벗어나고 있다. 그리고 '그'의 시선을 통해 재해석된 사건은 새로운 미학적 자의식의 원천으로 나아간다. 그래서 다음과 같은 진술은 중요하다.

그는 블라인드 너머에서 들리는 소리에 귀를 막았다. 전경들은 체포한 학생을 장난감처럼 다루었다. 어느 총련이야? 광주라고? 이 새끼들은 그때 씨를 말려버렸어야 했는데. 그때 뒈지지 않은 걸 후회하게 해주마. 너 저 안에서 씹했지? 몇 명 따먹었냐? 그는 폭력의 오금을 보는 듯한 기분이었다. 안락하고 잔인한 움푹 팬 공간. "그 학생이 전경의 쇠파이프에 두들겨 맞으며 내지르던 비명 때문이 아니었어. 나는 …… 그 말들이 모두 사전 속에 있다는 사실이 참기 힘들었던 거야." 마르께스주의자는 그동안 자신이 삼켰던 낱말들을 모두 토했다. 1년여 동안 그가 공들여 씹었던 낱말들이 몇 줌 위액으로 바닥을 적셨다. 부질없는 언어들. 그는 칼로 부은 정강이를 쨌다. 거기에서도 피고름 같은 언어들이 흘러내렸다. 그는 존재하지 않는 나라의 시민이었다고 말했다. 의무도 권리도 없는 나라. 그러나 왠지 내게 그곳은 아름다웠다. 영주권도 시민권도 없는 결코 만날 수 없는 나라.[48]

'그'가 자신이 1년여 동안 씹어 먹었던 사전을 토해내는 장면은 두 가지 측면에서 독해될 필요가 있다. 우선 그가 사전을 먹는 행위의 근원과 관련하여 해석될 수 있다. 그가 사전을 씹어 먹게 된 것은 "김소진이 방위로 복무하는 동안 국어사전을 ㄱ부터 ㅎ까지 독파했다는 이야기"[49]에 기인한다. 아마도 김소진이 독파했던 사전에 들어있었을 법한 낱말들은 민주, 민중, 해방, 연대 등이었을 것이다. 그리고 김소진으로 표상되는 손홍규의 선배 세대들에게 이들 낱말은 그 자체로서 현실을 움직이고 문학을 생성하는 힘이었을 것이다. 그러나 1991년 5월 투쟁의 패배를 기점으로 이들 낱말은 더 이상 투명하고 명징한 의미를 지시하지 못했다. 선배 세대가 만든 아름다운 사전은 이제 그 힘을 잃은 채 찬란한 신화로 남겨져 있

48 손홍규, 「마르께스주의자의 사전」, 『문학과 사회』, 2010 가을, 87~88면.

49 위의 작품, 69쪽.

을 따름이다. 그러니 그가 사전을 토하는 것은 필연적이다. 신화가 끝난 자리에서 스스로가 새로운 낱말을 통해 이토록 비루한 현실을 증언해야 하기 때문이다.

다른 한 편으로 오래된 사전이 폐기된 시기, 빠르게 새로운 사전으로 등장한 낱말들의 모음에 대한 승인 여부와 관련하여 해석될 수 있다. 1996년 여름의 폭력에도 불구하고, 문학장을 지배한 낱말들은 내면의 토로와 기법의 실험으로 국한되었다. 그러나 당장 눈 앞에서 여전히 자행되고 있는 국가권력의 폭력을 목도한 이에게, 이를 증언하기 위한 낱말은 이 새로운 사전에 존재하지 않는다. 예컨대 내면과 존재, 기법과 실험 등의 낱말은 이 "안락하고 잔인한 움푹 팬 공간"에서 어떤 무게를 지닐 수 있단 말인가?

손홍규의 「마르께스주의자 사전」은 '나'의 체험에 국한되지 않는 독특한 서사적 구성을 통해 체험을 새롭게 해석하는 성과를 보여준다. 그 결과 이전 세대의 신화가 되버린 사전도, 동시에 손쉽게 과거를 부정하는 방식으로 스스로를 치장하는 사전도 부정하며 스스로가 사전 밖의 낱말을 모색하려는 미적 자의식을 추출한다. 이 점이 손홍규가 1996년 여름을 소재적 층위가 아닌 미학적 층위의 사건으로 승화시킨 성과이다. 1996년 여름은, 어떤 의미에서는 '마르께스주의자'마저도 '마르크스주의자'이자 '발자크'일 수밖에 없었던 기묘한 기억으로 남아있기 때문이다. 그리고 이 기묘함으로부터 비로소 새로운 리얼리즘의 모색이 가능할는지도 모르기 때문이다.

5. 그리고, 상처받은 청춘들을 위하여

소설은 구체적인 기억을 보편적인 역사로 만든다. 이 과정에서 대문자 역사가 배제한 다른 목소리가 복원되며, 이로부터 개체의 진실을 담은 또 다른 역사가 탄생한다. 이는 1996년 여름의 일련의 사건들에도 적용된다. 한총련의 불법시위라는 짤막한 말로는 복원될 수 없는 기억들이 존재하며, 이 기억이 오래 지속되기 위해서는 소설이라는 텍스트의 형식을 빌릴 수밖에 없다.

2000년대 이후 역사를 재구성하려는 미학적 실험은 상당한 성과를 거두었다. 그러나 이러한 작업이 과연 기존의 지배적인 대문자 역사를 얼마나 전복하는 전율을 제공했는지의 여부는 다소 모호하다. 비교적 최근의 역사적 사건의 경우에는 더욱 그렇다. 아직까지 1996년 여름의 사건들은 대문자 역사의 틀 안에 완전히 속박되어 있는 것이 사실이다.

그렇다면 이 글에서 다룬 세 편의 소설들이 지닌 의미는 더욱 각별할는지도 모른다. 이들 텍스트가 아니라면, 10여 일간 '감금'된 채 평생을 지고 갈 상처를 받은 6,000명의 청춘들은 무엇을 통해 삶을 지속할 힘을 확보할 수 있단 말인가? 더욱이 민주, 해방, 연대 등의 말들이 한없이 가벼워진 현실 속에서, 이들의 어눌하지만 삶을 건 말들은 무엇을 통해 그 의미를 얻을 수 있단 말인가? 1996년 여름의 상처를 온전히 지닌 이들에게, 신풍근 할아버지와 파랑과 마르께스주의자의 기억이 역사가 아니라면 도대체 무엇이 역사일 수 있단 말인가?

재난을 대하는 문학의 몫

1.

2014년 상반기 가장 큰 사건은 세월호 참사인 듯하다. 거의 모든 사람들이 이 사건에 대해 한 번 쯤은 자신의 생각을 드러내었을 법하고, 거의 모든 매체들이 이 사건에 대해 실시간으로 보도한 듯하다. 물론 세월호 참사에 대한 반응은 각기 상이한 방식으로 나타났다. 가장 일반적인 방식은 갑작스런 죽음에 대해 애도하는 것이었다. 특히 희생자의 다수가 수학여행 길을 떠난 청소년이라는 점에서 이러한 애도의 반응은 매우 빠르게 전파되었다. 정치적으로 민감한 감수성을 지닌 이들은 신자유주의의 시장만능주의가 지닌 속성, 즉 '생명보다 이윤을' 추구하는 경향이 필연적으로 이와 같은 참사를 낳았다는 점을 지적했다. 그리고 '비정상의 정상화'를 주장하는 이들은 유사 종교 단체에 '모든' 책임을 물으며 공적 권력으로서의 자기 위상을 강력히 유지하고자 했다. 아마도 세월호 사건에 대한 입장은 대한민국 국민의 수 만큼이나 다양하게 표출된 것은 아닌가 싶다.

기실 세월호 참사와 같은 '재난'은 더 이상 낯선 풍경이 아니다. 비록 그것이 세월호 참사처럼 가시적이고 충격적인 형태로 드러나지는 않을지라도, 이미 우리의 안온한 일상 '안'에서도 재난은 항시적으로 발생하고 있다. 우리는 전 지구에서 벌어지는 재난을 각종 매체를 통해 매일매일 실시간으로 접하고 있다. 문제는 오히려 이러한 재난이 실시간으로 '중계'되는 것, 그리하여 '나'와는 무관한 모종의 스펙터클한 이벤트로 인지된다는 점이다. 물론 이 과정에서 최소한의 애도가 생략된다는 뜻은 아니다. 그러나 동시에 확실한 것은 이것이 '충분한' 애도의 과정으로 이어지는 것도 아니라는 사실이다.

문학이 재난에 대해 사유할 수 있다면, 그것은 단순히 연민이나 동정의 감정에 토대한 일시적인 애도에 그치거나, 혹은 외삽적인 방식으로 사회적 상상력을 자극하는 것에 멈출 수는 없다. 중요한 것은 재난에 대해 윤리적으로 감각하는 감성 구조를 복원시키는 것이다. 그럴 때 비로소 우리는 재난을 대하는 문학의 몫에 대해 말할 수 있을 것이다. 아마도 그 몫은 하나의 방식으로 외현되지는 않을 것인 바, 이는 온전한 애도에 이르는 길이 하나로 환원되지 않는 까닭이다.

2.

그들은 단지
운이 없었을 뿐일까
여기와 이때

대재앙의 이유를 알기 위해 우리는 모였다 오른쪽과 왼쪽에 앉을 사람을 구분하기 위한 파티가 먼저였다 파티로 보낸 시간에 대해서는 입 다물기로 한다 누구도 본인의 자리에 만족하지 못했고 토론에 불참하는 자가 부지기수였다 뒤를 돌아보세요, 그의 아이디어로 우리는 오른쪽과 왼쪽이 순식간에 바뀌는 기적을 보았다 카리브 해에서 우리는 격정적으로 화해했다 옷깃만 스쳐도 인연이라는데, 해변의 여인들은 옷을 입지 않고 밝게 웃어 주기만 하였다 뒤를 돌아보면 큰 지진으로 키우던 염소가 죽고 해일로 말려놓은 이불 빨래가 엉망이 되어 있었다 내가 살던 가정집에서 일어난 일이기에 나는 화가 난다 네 조국의 수도에서 벌어진 일이기에 우리는 의논한다 바다 건너 영화배우가 어마어마한 기부에 열심이었고, 엄마를 잃은 아이는 고추가 아프다 얼마나 많은 사람들이 죽었습니까? 대재앙에 관련된 회의를 하러 모였다는 것 자체에 의미가 있다는 것이죠, 그의 탁월한 의사 진행에 우리는 휴양도시의 노부부처럼 여유로워졌다 다음에 다시 모여 토론하자는 의견의 합치로 회의 결과를 이끌어 냈다 우리는 전통 의상을 빌려 입고 선홍빛 잇몸을 드러내면 여기와 이때를 사진으로 남긴다. 끝.[50]

2010년 아이티에서 대규모의 지진이 일어났다. 20만 명이 넘는 이들이 죽었으며, 300만에 가까운 이들이 커다란 피해를 입었다. 당연하게도 이 사건 역시 매스 미디어를 통해 실시간으로 우리에게 '중계'되었다. 그리고 몇몇 사람들은 ARS 등을 통해 나름의 선의를 전하기도 했을 것이다. 아주 소수의 사람들은 보다 적극적인 방식으로 구호 활동 등에 참여하기도 했을 것이다.

그러나 아무래도 이것만으로는 부족하다. 왜냐하면 "기부"와 같은 형식으로 전해지는 선의는 일차적으로 "바다 건너 영화배우"에 의한 것이기

50 서효인, 「아이티 회의록」, 『백 년 동안의 세계대전』, 민음사, 2011.

때문이다. 이러한 선의는, 냉정히 말해 이 재난이 어디까지나 "네 조국의 수도에서 벌어진 일"이기에 가능한 것이다. 그 재난은 "내가 살던 가정집"의 영역에서 벌어지는 일, 그러니까 "말려놓은 이불 빨래가 엉망이" 되는 일에 비해 가벼운 것으로 인지된다. '너'의 재난이 '나'의 재난이 아님을 확인한 후 일어나는 선의는, 그것의 의도와는 무관하게 결국 재난으로부터 피한 "휴양도시의 노부부"가 보이는 "여유" 이상의 것으로 승화될 수 없다.

서효인의 시는 이러한 맥락에서 재난을 대하는 시적 윤리의 전제를 보여준다. 타자의 시선에서 수행되는 "대재앙에 관련된 회의"는, 결국 "다음에 다시 모여 토론하자는 의견의 합치" 외의 다른 결과를 낳기 힘들다. 그리고 이 회의는 빈번히 "전통 의상을 빌려 입고" 마치 '너'의 재난을 내가 이해하고 있다는 기만으로 이어지기 마련이다. 재난에 대해 얘기하기 위한 전제는 이렇다. '나'의 "여기와 이때"가 '너'의 "여기와 이때"와 같지 않다는 것을 겸허히 인식하는 것. 그리고 그렇기에 부주의한 선의는 종종 기만으로 이어질 수 있음을 자각하는 것. 여기에서부터 비로소 연민과 동정을 넘어서는 감성의 고양이 시작될 수 있기 때문이다.

3.

1978년 초겨울 중문을 떠난 일가를 태운 페리호가 1983년 수원 시외
버스터미널과 기차역 사이에서 제법 오래 닻을 내렸다.

정처 없던 뱃머리는 목포, 강진, 답십리, 홍제동, 면목동의 비좁은

골목, 가파른 계단 등지를 기웃기웃, 기우뚱거렸다 안양시 신안동 외곽에서 다섯째 아이가 태어났다 이번에도 계집애였다 어른 둘에 아이 넷이 다리 포개고 자던 단칸방 입동 지나고 소설도 지난 즈음이었다

이후로도 어디나 몇 달을 머물지 못했다 어디든 삼등객실에 웅크려 누운 밤이거나 항구 인근 쥐오줌내 밴 여인숙에서 보낸 며칠 침몰할 것만 같은 나날

폐선에서 가까스로 탈출한
목숨 일곱은
더는 상행선도 하행선도 타지 않았다

섬에서 얻은 습성이었을까 오랜 멀미 탓이었을까 조난을 면하고도 국숫집의 셔터를 올리는 첫새벽마다 가장과 그의 처는 고립무원 망망대해를 떠돈 악몽에 시달린 얼굴

가게에 딸린 그곳 단칸방에서도 하루가 멀다 하고 악다구니와 주먹질은 밤새 오갔으나 어느 모서리를 쓸어도 밀가루가 부식물처럼 묻어났으나 철없는 어린것들이 어지간히도 와글거렸으나 펄펄 끓는 솥에 국수 가닥이 몇 줌씩 던져질 때마다 가라앉을 듯 다시 떠오른,

우리 가계에 익사자는 없다[51]

1993년 페리호 참사가 일어났다. 모두 292명이 죽었다. 그 배에 타고 있던 사람들이 무엇을 위해 어디를 향해 가고 있었는지는 알 수 없다. 한 가

51 이진희, 「페리호」, 『실비아 수수께끼』, 삶창, 2013.

족은 운 좋게 조금 일찍 출발했고, 그 덕분에 "며칠 침몰할 것만 같은 나날"을 견디고 "폐선에서 가까스로 탈출"할 수 있었다.

문제는 재난은 일상에서도 끊임없이 지속된다는 사실이다. "폐선에서 가까스로 탈출한" 이 가족은 "가게에 딸린 그곳 단칸방"에 정착한다. 하지만 이곳 역시 크게 다르지는 않다. 왜냐하면 "하루가 멀다 하고 악다구니와 주먹질은 밤새 오"가는 곳이라는 점에서는 재난에 직면한 "페리호"와 동일한 상황이기 때문이다. 따라서 "가장과 그의 처는 고립무원 망망대해를 떠돈 악몽에 시달린 얼굴"일 수밖에 없다.

이진희의 시는 재난이 도처에 편재한 것임을 조용히 보여준다. 비록 "우리 가게에 익사자는 없"으나 재난이 바다에서만 일어나는 것은 아니기 때문이다. 재난은 페리호 "조난"처럼 가시적이고 충격적인 형태로만 나타나지는 않는다. 오히려 "목포, 강진, 답십리, 홍제동, 면목동의 비좁은 골목, 가파른 계단 등지"에서 항시적으로 출몰하는 것이 바로 재난의 진짜 모습이다. 안온한 듯 보이는 우리의 일상은, 실상 "펄펄 끓는 솥에 국수가닥이 몇 줌씩 던져질 때마다 가라앉을 듯" 하면서 위태롭게 진행된다. 재난은 멀리 있지 않다. 그러니 스펙터클한 이벤트처럼 중계되는 재난을 남의 일로 응시할 필요도 없다. 이미 우리가 사는 곳 자체가 "삼등객실"과 크게 다르지 않기 때문이다. 더욱이 그곳이 신자유주의의 폭력과 시장의 독재가 난무하는 곳이라면 말이다. 다만 중계되는 재난에 길들여진 우리의 감각이 이를 미처 느끼지 못할 뿐이다. 그리고 이것이야말로 진정한 재난일는지도 모른다.

4.

청파동에서 그대는 햇빛만 못하다 나는 매일 병(病)을 얻었지만 이마가 더렵혀질 만큼 깊지는 않았다 신열도 오래되면 적막이 되었다 빛은 적막으로 드나들고 바람과 먼지도 나도 그 길을 따라 걸어나왔다 청파동에서 한 마장 정도 가면 불에 타 죽은 친구가 살던 집이 나오고 선지를 잘하는 식당이 있고 어린 아가씨가 약을 지어준다는 약방도 하나 있다 그러면 나는 친구를 죽인 사람을 찾아가 패(悖)를 좀 부리다 오고 싶기도 하고 잔술을 마실까 하는 마음도 들고 어린 아가씨의 흰 손에 맥이나 한번 잡혀보고 싶다는 생각을 한다 지는 해를 따라서 돌아가던 중에는 그대가 나를 떠난 것이 아니라 그대도 나를 떠난 것이라는 생각이 들었다 내가 아파서 그대가 아프지 않았다.[52]

2009년 용산 참사가 일어났다. 철거민과 경찰 6명이 죽었다. 공권력의 과잉 진압에 대한 시민들의 분노가 있었고, 그다지 사회적 문제에 관심 없어 보였던 작가들까지도 이례적으로 다양한 행동을 수행했다. 그런데 이들 작가들의 행동이 구체적인 작품 창작으로까지 이어진 경우는 과문한 탓인지 그리 많이 보지 못했다. 그러니 정확하게 말하자면, 당시 작가들의 연대와 일련의 행동은 작가로서 이루어진 것이라기보다는 시민의 일원으로 이루어진 것이 아닌가 싶기도 하다.

박준의 시는 드물게 용산 참사라는 재난에 대해 문학적으로 말하는 방식을 보여준다. 시적 화자는 용산이 아니라 그곳으로부터 "한 마장 정도" 떨어져 있는 "청파동"에 있다. 반대로 말하면 "청파동에서 한 마장 정도 가면 불에 타 죽은 친구가 살던 집"이 나온다. "청파동"과 '용산' 간의 거리

---

52 박준, 「용산 가는 길」, 『당신의 이름을 지어다가 며칠은 먹었다』, 문학동네, 2012.

를 민감하게 감지하고 있다는 점이 돋보인다. 이 거리에 대한 자의식으로부터 시적 화자와 "그대" 간의 거리가 생성된다. 타인의 재난을 섣불리 자신의 것이라고 선언하지 않는 지점에서 비로소 겸허한 애도가 시작된다. 분명 "불에 타 죽은" 것은 친구이지만, 어째서인지 아픈 것은 '나'이다. 타인의 재난이기에 시적 화자가 아플 까닭은 없다. 그럼에도 시적 화자는 "신열"을 앓는다. 그리고 바로 그 때문에, "내가 아파서 그대가 아프지 않았다"고 말한다. 윤리적인 방식의 애도가 수행되었기 때문이다. 만약 "신열"을 앓지 않았다면 이는 타인의 재난에 대한 연민이나 동정에 그칠 것이겠으나, 시적 화자는 이로부터 자신이 직접 "매일 병을 얻"는다. 이 과정을 거쳐 비로소 "불에 타 죽은 친구"의 아픔이 종결된다.

윤리적인 애도의 과정에는 죽은 자를 떠나보내기 위한 "신열"이 필수적으로 요구된다. 이 과정을 거쳐 우리는 재난에 희생당한 타자들의 고통을 나눌 수 있다. "신열"을 거친 후, 더 이상 재난은 타자에게 국한된 것이 아니게 된다. 나 역시 그 재난으로 인한 고통을 겪었기 때문이다. 아마도 "신열"을 겪기 전의 나와 겪은 후의 나 사이에는 모종의 변화가 있을 것이다. "그대가 나를 떠난 것이 아니라 그대도 나를 떠난 것"이라는 인식이 이를 보여준다. 재난은 도처에 존재하며 이로 인해 나를 떠나는 것은 특정한 대상에 국한되지 않는다. 그러니 나의 애도 역시 온전히 완결될 수는 없을 것이다. 다시 또 다른 "그대"가 나를 떠날 것이 분명하기 때문이다. 어떠한 애도도 종결될 수 없음을 알고 있다는 점에서 박준의 시는 재난을 대하는 문학적 사유의 한 국면을 보여준다.

5.

재난은 더 이상 낯선 사건이 아니다. 우리의 삶 자체가 기실 재난에 가까운 방향으로 몰락하고 있다는 사실은 쉽게 부정하기 어렵다. 그럼에도 스펙터클하게 '중계'되는 예외적인 이벤트로서의 재난에 대해서만 우리는 감각한다. 그 결과 타자의 재난에 대한 일시적인 연민 이상의 감정을 우리는 감각하지 못하고 있다. 손쉬운 기부와 휘발성 강한 분노로 바뀔 수 있는 것은 거의 없다.

그렇다면 재난을 대하는 문학의 몫은 무엇인가? 애도의 윤리가 하나가 아닌 이상, 문학의 몫 역시 하나로 환원될 이유는 없다. 그것은 타자의 재난을 부당하게 점유하려는 기만에 대한 비판(서효인)일 수도 있고, 재난의 편재성에 대한 인식(이진희)일 수도 있으며, 혹은 "신열"을 통한 고통의 분유(박준)일 수도 있다. 다만 이들은 한 가지 공유하고 있는 것이 있다. 무엇이 재난을 대하는 윤리적 자세인가라는 문제제기가 그것이다. 그리고 언어를 매개로 한 문학에서 그 윤리의 모색은 우리의 무뎌진 감각을 예민하게 활성화하는 것과 직결될 것이다. 우리 역시 재난의 당사자이기 때문에, 이 작업은 더욱 소중할 것이다.

제3부

텍스트가 말하지 않은 것들을 읽기 위하여

면 개인의 성실함과는 별도로 '어쩔 수 없이' 오타가 나오기 마련이다. 그런데 간혹 글의 본문보다도 '오
가 있다. 오타는 단순하게는 컴퓨터 자판을 잘못 누르거나 어려운 한글 표준어 규범을 헷갈려서 나오기도 하지만,
의식중에 무언가가 글에 튀어나와서, 혹은 텍스트에 모종의 흔적을 남기려는 의도에 의해 생기는 경우도 있기 때문이다

'오타' 읽는 시간

— 이기호, 『김 박사는 누구인가?』

글을 쓰다 보면 개인의 성실함과는 별도로 '어쩔 수 없이' 오타가 나오기 마련이다. 그런데 간혹 글의 본문보다도 '오타'가 흥미로울 때가 있다. 오타는 단순하게는 컴퓨터 자판을 잘못 누르거나 어려운 한글 표준어 규범을 헷갈려서 나오기도 하지만, 종종 무의식중에 무언가가 글에 튀어나와서, 혹은 텍스트에 모종의 흔적을 남기려는 의도에 의해 생기는 경우도 있기 때문이다.

글 중에서도 문학, 그 중에서도 소설이라는 것에는 일종의 오타가 매우 빈번히 나오기 마련이다. 이야기(story)에 인과율에 입각한 플롯과 등장인물의 성격과 대상에 대한 핍진한 묘사와 시간 구조 등을 비롯한 담론(discourse)을 덧씌울 때 비로소 소설이 완성된다. 이 과정에서 본래 이야기의 특정 부분은 소거되기도 하고, 혹은 변용되기도 한다. 하지만 소거되거나 변용된 부분은 소설에서 희미하게나마 자신의 흔적을 남겨놓기 마련이다. 이런 흔적들은 보통 소설의 매끈한 표면을 훼손하기 때문에 마치 오타처럼 보인다. 그리고 흥미롭게도 종종 오타로 쓰인 텍스트의 흔적은 텍스트 표면의 진술보다 많은 것을 이야기하기도 한다.

이기호의 소설집 『김 박사는 누구인가?』는 이러한 오타들의 기록이라고 할 만하다. 먼저 소설집 첫머리에 실린 「행정동」을 보자. 주인공이 하는 일은 오래된 학적부를 전산 프로그램에 입력하는 것이다. 그러니까 "예전 학적부에 기재되어 있던 혈액형이나 신장, 몸무게, 보증인, 가족 관계, 질병 사항, 병역, 수상 경력, 휴학 기간" 등을 제외하고 "학점과 학위 구분, 입학 연도와 졸업 연도, 주소"만을 데이터화하는 작업이다. 여기에서 벗어나는 정보는 모두 생략된다. 왜냐하면 "그것들이 사라졌다 한들, 학적부의 본래 의미가 훼손되는 것은 아니기 때문"[1]이다. 그런데 만약 "학적부"와 같은 공식적인 기록이 아닌 '다른' 기록이 의미를 지닌다면?

80년대 중후반은 일반적으로 민주화 운동의 시기로 인식된다. 민주와 독재의 대립구도가 이 시기를 규정짓는 기본적인 플롯이다. 이 플롯에서 벗어나는 '사소한' 이야기들은 텍스트의 이면에 흔적으로 남겨져 있을 따름이다. 따라서 "삼촌이 가입해 있던 구로동일꾼노동자회"에 대한 이야기가 의식화된 "'학출(學出)'"(「밀수록 다시 가까워지는」, 87면)을 중심으로 기록되는 것은 필연적이다. 문제는 이 과정에서 삼촌의 "프라이드가 후진되지 않는 이유"(90면)와 같은 부차적인 이야기들이 소거된다는 사실이다. 87년 하면 떠오르는 이야기들 속에 삼촌의 작은 이야기는 부재하다. 민주화 운동의 내러티브 속에서 플롯의 완결성을 해치는 것이기 때문이다. 이는 빨치산을 둘러싼 내러티브에서도 마찬가지이다. 우리가 알 수 있는 이야기들은 예컨대 "박헌영을 비롯한 이승엽, 설정식, 임화 등"(「이

1 이기호, 「행정동」, 『김 박사는 누구인가?』, 문학과지성사, 2013, 20~21면. 이 글에서 인용하는 이기호의 작품은 모두 이 책에 수록된 것이며, 앞으로 인용 시 괄호 안에 작품명과 인용한 면수만을 표기한다.

정(而丁)-저기 사람이 나무처럼 걸어간다 2」, 246면)의 비극에 대한 것으로 한정된다. 여기에 딸의 출산을 접한 "한 명의 배신자"(252면)의 이야기가 개입할 여지는 없다. 반제와 통일의 내러티브 속에서 "어디서 감히……"(255면) 이 이야기가 기록될 수 있단 말인가?

그런 면에서 '잘 빚어진 소설'이란, 어쩌면 일종의 "매뉴얼"(「탄원의 문장」, 192면)에 가까운 것일는지도 모른다. 소설 역시 그 "형식과 양식은 따로 정해진 것이 없었으나, 어쨌든 그 또한 하나의 제도로서의 글쓰기"(199~200면)이기 때문이다. 여기에 '오타'가 개입할 여지는 없다. 명확한 목적과 가시적인 대상과 이를 기준으로 설정된 서술 원리가 주어진 형식이기 때문이다. 하지만 이로부터 벗어나는 이야기를 통해서만 비로소 우리는 사물을 "고유명사"(208면)로 인식할 수 있지 않을까? 그렇다면 매끄러운 텍스트 표면의 발화만큼, 아니 종종 그보다 더 중요한 것은 이면에 숨겨진, 마치 오타와 같이 읽는 이를 서걱거리게 만드는 이야기의 흔적일 수도 있을 것이다.

사실 널리 알려진 것처럼 이기호는 텍스트에서 '오타'를 피하기 위한 방법을 매우 잘 아는 소설가이다. 이미 『최순덕 성령충만기』에 수록된 초기 작품들을 통해 텍스트를 구성하는 원리 '자체'를 마음껏 뒤틀고 새로운 텍스트 형식을 보여준 그가 아닌가? 그런 이기호가 곳곳에서 오타를 새겨두고 있음은, 아니 부러 오타의 형식을 택한 것은 무엇 때문일까? 너무나 많은 '웰 메이드' 서사의 시대에, 우리 문학에 필요한 것은 더 많은 '오타'가 아닐까? 이 문제를 경유해야 비로소 우리는 '김 박사는 누구인가?'라는 질문에 '온전히' 대답할 수 있을 것이다.

얼굴을 대면하는 두 가지 방식
—박판식, 『나는 나와 어울리지 않는다』와 이영광, 『나무는 간다』

1. 시, 독백, 얼굴

시가 기본적으로 일인칭의 독백이라는 사실을 기억하자. 물론 다양한 미학적 실험을 통해 일인칭 독백체를 변용하려는 시도는 시의 시작과 함께 지금까지 지속되고 있다. 그럼에도 불구하고 시의 시작이 일인칭의 독백이라는 점은 분명한 사실로 승인되고 있다. 바꾸어 말하자면 시란 근원적인 의미에서는 시적 화자의 존재와 그 사유를 토로하기 위한 예술 양식인 셈이다.

그런데 왜 굳이 독백인가? 엄밀히 말해, 자신의 존재를 확신하는 이들에게 독백의 형식은 필요치 않다. 투명한 주체로 호명된 이들에게 필요한 것은 독백이 아니라 대화다. 공통된 호명 기제의 문법을 공유하고 있기에 이들은 대화를 수행할 수 있다. 반면 주체로 호명되지 못한(혹은 않은) 이들에게 대화는 불가능하다. 자신의 존재를 승인받지 못한(혹은 않은) 이들은 먼저 스스로에게 물어야 하기 때문이다. 나는 누구인가? 내가 주체가 아니라면 나는 어떻게 말할 수 있는가? 내가 공동의 문법에서 배제되었다면(혹은 스스로 유폐되었다면) 도대체 세계란 무엇인가? 그리하여 그 세계의 잉여에 존재하는 나는 누구인가?

그런 면에서 시는 지배적인 담화의 룰 '외부'에 존재하는 이들의 발화 형식일는지도 모른다. 시는 시적 화자의 독백을 통해 위와 같은 질문을 수행한다. 그리고 좋은 시는, 각기 다른 방식으로 이에 대한 나름의 고민을 보여준다. 그 고민이 수렴되는 장면 중 하나는 바로 얼굴이다. 시는 끊임없이 시적 화자의 존재를 묻지만, 기실 이 질문 자체가 이미 일종의 미망이다. 왜냐하면 인간은 자신의 존재를 표상하는 자신의 얼굴을 스스로 볼 수 없기 때문이다. 시가 여전히 진화하는 이유 중 하나가 이것인 바, 독백을 통해 자신의 존재를 묻는 작업은 결국 실패로 끝날 운명이기 때문이다. 실패로 끝날 운명이기에 시는 결코 완성되지 않는다. 어떤 시인도 자신의 얼굴과 대면할 수 없다면, 시는 실패할 것을 이미 예감한 이들의 고투로 수렴될 것이다. 그리고 이 고투가 바로 시를 진화시켜 온 힘이기도 하다. 그렇게 여전히 얼굴을 읽으려는 실험은 진행 중이다.

2. 하나이지 않은 이름, 투명하지 않은 거울

박판식의 시집 『나는 나와 어울리지 않는다』의 제목은 흥미롭다. 이 진술대로라면 '나'는 하나의 존재가 아니라 둘 이상으로 분열된 존재이기 때문이다. 그래서 "내게는 딸이 없다, 나와 어울리지 않아서다"라는 진술과 동시에 "하지만 내 인생은 태어나지 않은 딸과 늘 동행하고 있다"는 진술이 가능하다. 왜냐하면 이 시적 화자는 "얼굴이 세 개나 네 개로 늘어날 때"[2] 비로소 발화하고 있기 때문이다.

그렇다면 다음과 같은 질문이 가능하다. 박판식의 시적 화자는 왜 위와 같은 분열된 얼굴을 지니고 있는가? 그리고 그 시적 화자는 어떻게 자신의 분열된 얼굴을 볼 수 있는가? 이에 대한 답의 일단을 아래의 시에서 찾아낼 수 있다.

> 인생을 다시 시작한 그 여름, 경마장의 안내서를 받아 들고
> 우리는 의기양양 질주하는 말들을 보았다
> 썩은 부엽토에 휘감겨 구름처럼 솟아오른 측백나무 숲의 버섯들
> 그 멋진 파라솔의 행진을 나는 기억한다
> 트랙을 벗어났던 일요일 아침
> 이 빠진 유리잔에 물을 떠서 우리는 마른 입술을 축였다
> 출발의 총성 소리에 놀란 새들과 입술을 깨무는 너의 신음 소리는
> 내 허약한 심장에 채찍질을 가했다
> 마름모꼴의 거울 앞에 서 있는 젊고 아름다운 여인 그건 바로 너였고
> 루비가 박힌 눈 그건 바로 나였다
> 거울은 세상에서 가장 아름다운 모습만 비춰 주었다
> 서랍장도 유리도 그 유리에 앉은 먼지도 없었다
> 가장 빠른 말조차 아직 달려 나가지 않은 깨끗한 거울
> 네가 빠져나간다, 그 거울 속에서
> 나는 뒷걸음질 쳐 축제의 마술 거울로 세 조각 난 내 몸을 보았고
> 삐걱거리는 마루의 틈을 벌려 힘없이 무너져 가는 지하실의 얼룩을 보았다
>
> —「거울, 굴절 없는 물」 전문

---

2 박판식, 「나는 나와 어울리지 않는다」, 『나는 나와 어울리지 않는다』, 민음사, 2013. 이 글에서 인용하는 박판식의 작품은 모두 이 책에 수록된 것이며, 앞으로 인용 시 괄호 안에 작품명만을 표기한다.

위의 시에 등장하는 거울은 "세상에서 가장 아름다운 모습만 비춰" 준다. 여기에는 "서랍장도 유리도 그 유리에 앉은 먼지도" 없다. 이 거울은 사물을 포획하는 힘을 지니고 있다. 그리하여 "가장 빠른 말조차 아직 달려 나가지 않"는다. 그러나 시적 화자는 이 "마름모꼴의 거울" 너머를 본다. 그 너머에는 "세 조각 난 내 몸"과 "삐걱거리는 마루의 틈을 벌려 힘없이 무너져 가는 지하실의 얼룩"이 비춘다.

이렇게 '거울'은 특정한 장면을 보여주는 동시에, 특정한 장면을 감추는 역할을 한다. 왜냐하면 거울로 '재현'되는 현실은 주체를 호명하는 기제의 문법에 의해 구성된 것이기 때문이다. 따라서 거울에는 주체로 호명되지 못한(혹은 않은) 이들의 얼굴은 드러나지 않는다. 드러나는 것은 오직 "얼룩"과 같은 흔적을 통해서만 가능할 뿐이다. 박판식의 거울이 주목되는 것은 그가 거울이 지닌 이와 같은 배제의 원리를 뚜렷하게 인식하고 있기 때문이다.

따라서 그가 "기분이 더러워지면 점액질의 거품을 토해 내는 거울의 비밀"(「너를 두고 천사들이 다투었다」)에 대해 말하는 것은 자연스럽다. 나아가 "거울로 흉터 난 얼굴을 들여다보"(「거울을 든 사람」)며 그 "흉터"의 근원에 대해 "거울을 깨뜨리고 싶은 충동만으로도 나의 얼굴에는 충분한 도끼 자국이 생겨난다"(「A에서 A까지의 귀머거리」)라고 진술하는 것도 자연스럽다.

이와 같이 박판식의 시에서 '진짜' 얼굴은 거울 '너머'에 존재한다. 문제는 우리가 거울 '너머'를 온전히 읽어낼 수 없다는 사실이다. 다만 우리가 할 수 있는 것은 투명한 거울에 비추지 않은 "얼룩"이나 "흉터", 혹은 "도끼 자국"으로부터 호명 기제로 포획되지 않은 존재의 흔적을 확인하는 것뿐이다. 이 작업이 중요한 것은 우리는 수많은 호명 기제로부터 하나의 주체로 존재할 것을 강요받고 있기 때문이다. 그리고 이는 곧 투명한 거울을 단 하나의 현실로 승인할 것을 강요하는 것이기 때문이다.

이미 거울의 불투명함을 인식한 박판식은 이러한 호명 기제의 불완전성에 대해 탐색하기 시작한다. 다음의 시를 보자.

> 계란이나 사람이나 불안한 이름을 갖고 있는 것은 매한가지
> 고여 있는 액체와 흐르는 액체의 차별 정도다
> 너는 미로 속에 있다, 라고 나도 모르게 발설해 버린 순간
> 나는 내 구두 한 짝이 사라진 것을 눈치챘다
> 네 개의 물체가 짚 덤불 속에 있다
> 비가 새는 지붕인데 용케 쾌적하다
> 태어나지 않는 것들의 가벼움으로, 이상한 농담을 잘하는 동생이
> 있었으면, 하고 상상하는 것도 나쁘지는 않다
> 공중에 떠 있는 공이 자신의 탄력을 믿듯이
> 알을 깨고 나온 병아리들이 곧바로 지면 위로 튀어 오른다
> 평균율에 관한 미감, 욕조의 형태에 관한 본능
> 체온과 방향감각, 생존의 욕구 때문에 화가 나는 것도 당연하다
> 아직 태어나지 않는 것들의 무거움으로, 닫혀 있다거나 열려 있다는
> 식의
> 감각이 존재하지도 않는 공간을 상상하는 것도 좋다
> 오른손과 왼손을 포갤 때 생기는 공간
> 지금은 과거가 완전히 지나가지 않은 시간이라고 믿어도 좋다
> 아래도 위도 아닌 지점, 떨어졌는데 깨지지도 않고 흉터도 없이
> 움푹 패어진 곳에 아무렇게나 놓여 있는
>
> —「당신의 이름이 태어난 자리」 전문

이름을 붙이는 것은 호명 기제이다. 이는 하나의 얼굴을 가진 주체로 스스로를 승인하는 행위로 귀결된다. 그런데 위의 시의 시적 화자는 "계

란이나 사람이나 불안한 이름을 갖고 있는 것은 매한가지"라고 진술한다. 이 "불안한 이름"을 통해 비로소 "감각이 존재하지도 않는 공간을 상상하는 것"과 "떨어졌는데 깨지지도 않고 흉터도 없이" 존재하는 것이 가능해진다. 이러한 존재는 호명 기제의 '외부'에 스스로 위치하기에 '다른' 현실을 상상할 수 있다. 그리고 이로부터 투명하지 않은 "거울"을 통해 하나이지 않은 "이름"의 존재를 대면할 수 있을 것이다. 다만 다음과 같은 사실을 기억할 필요가 있다. 당연하게도 "누구라도 태어나려면 한 번은 소중한 것과 끊어져야만"하며 "더 이상 아무것도 들어갈 게 없는 듯이 보이는 안과 밖이 없는 거울"(「해후」)을 직시해야만 한다는 사실이 그것이다. 여전히 박판식의 시적 화자는 이 과정 중에 있다.

3. 추방당한 자들의 언어, 무덤을 비추는 우물

앞서 언급한 것처럼, 시는 근원적으로 실패할 것을 알면서도 수행하는 이들의 것이다. 그런 의미에서 이영광의 시집 『나무는 간다』는 단지 한 개인의 작업이 아니라 가장 시적인 존재'들'의 공동기록일는지도 모른다. 예컨대 다음과 같은 장면을 보자.

우물은,
동네 사람들 얼굴을 죄다 기억하고 있다

우물이 있던 자리
우물이 있는 자리

나는 우물 밑에서 올려다보는 얼굴들을 죄다
기억하고 있다[3]

"우물"이 '우물'을 보는 자의 얼굴을 드러내는 매개임은 주지하는 바와 같다. 그런데 이영광은 우물에서 다른 것을 본다. 그는 과거 우물이 "있던" 자리와 현재 우물이 "있는" 자리를 동시에 겹쳐놓는다. 그리하여 비로소 시적 화자의 얼굴 대신 "우물 밑에서 올려다보는 얼굴들"이 떠오른다. 당연하게도, 그의 시집의 시적 화자는 특정 개인의 몫이 아니라 이들 "우물 밑"에 존재하는 이들의 몫으로 전환된다. 이들은 아마도 우물에 비춘 자신의 얼굴을 확인하고 갔겠으나, 이영광은 역으로 우물 밑에 남겨진 이들의 '다른' 얼굴을 더듬는 셈이다. 그럴 수밖에 없는 것이, 우물에 비춘 얼굴의 '잉여'가 시의 영역이기 때문이다. 따라서 그의 시에 빈번히 세계에서 몫을 잃은 이들의 얼굴이 출현하는 것은 자연스럽다.

이들에게 세계란 주체로 호명된 이들만의 것이다. 그러니까 "사람 말고는 누구도/ 이따위 곳이라고 하지 않는"(「이따위 곳」) 곳이 바로 세계이며, "젖과 꿀이 흐르는 약속의 땅"이 아닌 "독과 피가 흐르는 저주의 땅"(「가나안」)이 바로 세계이다. 이곳을 움직이는 것은 "상상도 상징도 뭣도 아니고 그냥/ 존재를 그어버린다는"(「살생부」) 냉엄한 '실재'이다.

이들은 세계에서 소외되었기에 자신들의 문법을 지니지 못한다. 이곳에 "교과서 같은/ 경전 같은/ 기적은 없"다. 그럼에도 시적 화자는 말해야 한다. 하기에 "자빠지고 엎어지고 무르팍이 깨지면서도/ 꿋꿋이 교과서를

3 이영광, 「우물」, 『나무는 간다』, 창비, 2013. 이 글에서 인용하는 이영광의 작품은 모두 이 책에 수록된 것이며, 앞으로 인용 시 괄호 안에 작품명만을 표기한다.

걸어가서/ 끝내 기적이 되었으면"(「기적」) 할 뿐이다. 다만 "너를 쓰러뜨린 말들을 꼭 사랑할 것이다"(「세한」)는 다짐으로 "꿈틀거리는 신음 하나를 입에" 물고 "침묵 하나로 뚫어버리는 것"(「기도」)을 추구할 뿐이다. 이러한 꿈틀거림으로부터 이영광은 실패를 이미 예감한 자들의 언어를 복권시킨다. 그 언어란 마치 "죽고 나고 죽고 나서 또 우는 건지도 모를 죽지도 않는" "세상에서 가장 센 개구리 울음"(「개구리 지옥」)과도 같다. 이를 통해 비로소 세계에서 소외된 자들의 얼굴이 드러난다.

> 너는 내 표정을 읽고
> 나는 네 얼굴을 본다
>
> 너는 쾌활하게 행복하게 마시고 떠든다
> 그래서
> 나도 쾌활하고 행복하게 마시고 떠든다
>
> 그러다 너는 취해 운다
> 그래서 나는 취하지 않고 운다
>
> 눈물을 닦으며 너는 너를 사랑한다
> 눈물을 닦으며,
> 나는 네 사랑을 사랑한다
>
> 너는 나를 두고 집으로 갈 것이다
> 나는 너를 두고, 오래 밤길을 잃을 것이다
>
> 네 얼굴엔 무수한 표정들이 돛처럼 피어나고
> 내 얼굴은 무수한 표정들에 닻처럼 잠겨 있다
>
> —「얼굴」 전문

따라서 시적 화자의 얼굴은 "우물 밑"에 놓인 이들의 얼굴과 다르지 않다. 시적 화자는 "네 얼굴을" 보았기에 "오래 밤길을 잃을" 운명이다. "네 얼굴은" 세계에서 소외된 존재의 것이며, 이를 보았음은 곧 "취하지 않고" 우는 일을 감당해야 하는 것으로 이어지기 때문이다. "네 얼굴엔 무수한 표정들이 돛처럼 피어나"는데, 시적 화자의 "얼굴은 무수한 표정들에 닻처럼 잠겨 있"는 장면이야말로 실패를 기꺼이 견디는 시의 운명이기도 할 것이다. 왜냐하면 시적 화자가 보는 얼굴은 어디까지나 "무수한 표정들이 돛처럼 피어나"는 "네 얼굴"일 따름이며, 그가 볼 수 없는 것은 다름 아닌 "무수한 표정들에 닻처럼 잠겨 있"는 "내 얼굴"이기 때문이다.

이와 같은 시적 인식을 통해 비로소 우리는 "우물 밑"의 얼굴에 대해 사유할 수 있을 것이다. 그리고 이는 세계로부터 추방된 이들의 언어를 복권시키려는 의지로부터 가능할 것이다. 확실한 것은 무덤과도 같은 세계를 비추는 우물은 일종의 시적 결단을 필요로 한다는 사실이다. 그러니까 "나무는 미친다 미치면서 간다 육박하고 뒤엉키고 침투하고 뒤섞이는" 과정을 통해 비로소 "나무들은 나무에게로 가버렸다 모두 서로에게로, 깊이 깊이 사라져버렸다"(「나무는 간다」)는 진술이 가능한 것이다.

4. 얼굴을 대면하는 두 가지 방식

결국 시는 애초부터 실현 불가능한 과제를 맡은 셈이다. 누가 자신의 얼굴을 확인할 수 있는가? 그리고 자신의 얼굴을 확인할 수 없다면 어떻게 타인의 얼굴을 확인할 수 있는가? 그럼에도 이 아포리아가 시의 진화를 추동하는 근원적인 힘이었다는 사실은 중요하다. 여전히 우리는 얼굴을 대면하는 방법을 알지 못하기 때문이다. 하지만 지금, 시가 불가능한 과제에 대해 명료한 해답을 제시하기보다는 더 많은 질문을 던지는 것이 필요하다는 것은 분명한 사실로 보인다. 그것이 "무심결에 누설된 신의 신음 소리"(박판식, 「헛소리」)에 지나지 않거나, 혹은 "차다가 끝내 터뜨리지 못해 놓고 간/ 침묵 한 덩이"(이영광, 「공」)에 불과할지라도 말이다. 적어도 투명한 '거울'로 닿을 수 없는 얼굴이 있고, 무덤과 같은 '우물'에 갇힌 얼굴이 있는 한은 그럴 것이다.

UFO가 나타났다

— 김희선, 「지상 최대의 쇼」*

그런 시절이 있었다. 하루 12시간 노동에 남는 것은 폐병뿐인 시절이 있었다. 헌법에 보장된 국민의 기본권이 국가의 안위를 위해 제한되던 시절이 있었다. 근로기준법을 준수하라는 요구를 분신으로써 절규해야만 했던 시절이 있었다. 그럼에도 '빨갱이가 나타났다'는 말 하나로 모두들 침묵했던 시절이 있었다. 그리고 많은 시간이 흘렀다.

그러나 여전히 우리의 삶은 팍팍하다. 청년들은 비싼 등록금과 연일 최고치를 경신하는 청년실업률 앞에서 '청춘'이 누려야 할 특권들을 강탈당하고 있다. 이제 일상이 된 기업의 구조조정 속에서 노동자들은 언제 해고될지 모르는 불안에 노출되어 있다. 의료와 교육은 물론 물과 전기를 비롯한 공공재의 사유화가 가속화되고 있으며 사회적 소수자들은 인간으로서 누려야 할 최소한의 존엄을 박탈당하고 있다. 그리고 이 모든 것의 결과로서 개체와 개체간의 연대와 보다 나은 공동체에 대한 꿈은 이제 낡

---

* 이 소설은 『문예중앙』 2012년 겨울호에 발표되었다.

은 것으로 치부되고 있다. 그렇게 이 사회는 '만인에 대한 만인의 투쟁'이 내면화된 늑대들의 '정글'로 전락하고 있다.

이러한 비극적인 상황이 지속되는 것은, 작가에 따르면 UFO 때문이다. 바다 건너 자본주의 세계체제의 중심부에서 전해진 새로운 관리 시스템은 과거와 같이 '촌스러운' 방식의 폭력적인 지배를 권장하지 않는다. 작품에 등장하는 "『재난 시 소방관 행동규정』", 특히 "책의 47쪽부터 시작되는 제 5장, '비행접시의 공격에 대처하는 법'"은 후기 자본주의 사회를 지배하는 세련된 메커니즘의 일단을 보여준다. UFO, 즉 미확인비행물체라는 이름에서 드러나듯, UFO는 실제 그 존재 자체가 확인 불가능한 속성을 지닌다. 그럼에도 냉전 시대, UFO는 가상의 사회주의 국가의 공격에 대한 사람들의 공포와 불안을 신경증적으로 증폭 시켰으며, 이를 통해 억압된 정치적 무의식과 그 리비도는 자본주의 시스템이 아닌 가상의 존재를 향해 '갈 곳을 잃은 채' 휘발되었다.

이 작품에서 어느날 갑자기 도시 상공에 UFO가 등장한 후 "'활기찬 도시, 발전하는 경제'"라는 도시의 슬로건에 어울리는 노래를 매일 아침 틀어대는 것은 우연이 아니다. 이 노래를 들으며 "시민들은 아침에 일찍 일어나서 자기도 모르게 가뿐한 마음으로 하루를 시작했고 밤이면 피곤에 지쳐 일찌감치 곯아떨어졌"기 때문이다. 사람들은 일을 끝낸 후 밤에 동료들과 함께 전사회적인 구조조정과 복지예산 삭감에 대해 토론하는 대신 내일의 일을 위해 곧바로 잠에 들었고, 낮에는 자신도 해고될지 모른다는 불안에 옆의 동료와 경쟁하면서 더더욱 열심히 일했다. 밤새워 자신들의 목소리를 내지르던 '프롤레타리아트의 밤'(랑시에르)은 이제 '낮'의 노동을 위해 유예된 시간으로 전락했다.

그뿐만이 아니다. 자본과 국가는 일자리가 없어지는 이유를 불법적인 이주노동자들 탓으로 돌린다. 그런데 갑자기 외계인까지 나타났으니 실업문제에 대한 자본과 국가의 '알리바이'가 하나 더 생긴 셈이다. 사람들은 고용불안정에 대한 책임을 자본주의 시스템에 묻는 것이 아니라, 존재하는지도 확인할 수 없는 '외계인'들에게 묻기 시작했다. 그리고 당연하게도 분노의 리비도는 가상의 존재를 향해 '갈 곳을 잃은 채' 휘발되었다. 이러한 사실은 "'고용안정 보장하라'"라고 회사 앞에서 데모하던 해고자들이, 곧 "외계인은 물러가라"라는 플래카드를 들기 시작하는 장면에서 단적으로 드러난다.

2014년을 살아가는 우리는, '빨갱이가 나타났다'는 말에 속았던 일을 과거의 것으로 기억한다. 더 이상 그런 유치한 프로파간다에 속지 않는다고 확신한다. 그런데 과연 그럴까? 그렇다면 UFO에서 아침마다 틀어주는 노래가, 비정규직으로 전락한 "아버지 말로는 오래전 젊었을 적엔 아침마다 이런 비슷한 노래가 온 동네에 울려 퍼졌다는"는 사실은 어떻게 설명할 수 있는가? 게다가 그 노래를 들으며 오히려 "그때가 좋았지"라고 기억하는 사람들은, "주민 전체가 집단 최면 상태에 빠져들었던 비극적이고 희극적인 역사적 사건의 증례 목록에" 추가된 이 도시에 사는 사람들은 도대체 누구란 말인가? 자본주의 시스템을 향해야 할 정치적 리비도를 '이주노동자'와 '외계인'을 향해 휘발시키고 있는 사람들은 도대체 누구란 말인가? 그렇게 '빨갱이가 나타났다'는 프로파간다는 여전히 지속되고 있다. UFO가 나타났다.

능동적 유폐와 수동적 고립 사이

— 김다은, 『쥐식인 블루스』

한국에서 지식인이라는 호칭은 이중적이다. 한 편으로 공동체의 보다 나은 미래를 고민하는 실천적 구성원으로서의 존경을 담고 있지만, 다른 한 편으로는 자폐적이고 고답적인 공간에 매몰된 은둔형 외톨이에 가까운 존재를 비아냥거리는 말이기도 하다. 이러한 이중적인 상황의 도래에 대한 자성의 소리는 이미 1990년대 초반부터 제기되기 시작했다. 그러니까 그람시 식으로 말해서 '유기적 지식인'의 존재가 투명한 이상과 자명한 현실로 존재하던 시기가 쇠퇴하고, 일종의 분화된 사회 시스템에 종속된 기능인으로서의 지식인의 존재가 가시화된 것은 거의 20여 년 가까운 시간을 경과한 셈이다. 상황이 이럴진대, 소위 지식인의 선택은 둘 중 하나로 수렴되기 마련이다. 첫째, 시장 독재로부터 자유롭기 위해 스스로 유폐되는 역설. 둘째, 그럼에도 계몽의 기획을 수행하고자 고군분투하다가 결국 극도로 분업화된 시스템의 하부에 고립되어 버리는 비극. 적어도 현재 주어진 선택지는 이외에는 없는 것으로 보인다.

김다은의 『쥐식인 블루스』는 모두가 알지만 모두가 말하지 않는, 이런 지식인의 이중적인 곤란에 대한 소설적 보고서로 볼 수 있다. 이 보고서에서 지식인은 자신의 예술적 공간에서 아사하거나(「쥐식인」), 단지 실적을 위해 논문을 기계적으로 '찍어 내는' 존재(「셰익스피어 작품에 나타난 무nothing에 대하여」), 혹은 지나친 서구 콤플렉스에서 벗어나지 못한 존재(「쥐식인의 외출」)로 나타난다. 그러니까 이들에게 선택은 여전히 둘 중 하나인 셈이다. "문을 사이에 두고, 밖에는 식탁과 가족과 세상이 대치하고 있고, 안에는 배고픔과 나홀로와 소설이 대치한"[5] 상황에서 스스로를 유폐시키든지, 아니면 "몇 년 전만 해도 나도 필요한 자료가 있으면 외국 학자에게 직접 연락해서 자문을 구하거나 자료를 얻기 위해 상당한 시간과 돈을 들였고 새로운 개념이나 이론에도 지속적으로 민감"하게 연구하여 "오랜 시간 생각하고 사유한 결과로 나름대로 만족할만한 논문들을 내놓"았으나 결국 시스템에 편입되어 "내 진정한 아이디어나 생각은 다른 사회활동에 나가 명예를 높이거나 돈을 버는데 사용하고 논문은 그들이 원하는 식으로 써주"며 "이제 논문을 위해 돈과 노력을 지나치게 들이는 짓 따위는 하지 않는다."(「셰익스피어 작품에 나타난 무nothing에 대하여」, 97~98면)는 깨달음을 얻으며 안주하든지. 안타깝지만 대략 이러한 상황이 현재 한국 사회 지식인에게 허용된 유일한 선택지인 셈이다.

하지만 이것만으로는 부족하다. 김다은의 소설집이 사회학적 보고서가 아니라 소설적 보고서라는 점이 중요한데, 소설은 건조한 통계 자료로 환원되지 않는 지식인의 은밀한 '내면'을 드러내는데 그 양식적 특성이 있기 때문이다. 그러니까 한정된 선택지 사이에서 끊임없이 동요하며 다른 지

---

5 김다은, 「쥐식인」, 『쥐식인 블루스』, 작가, 2012, 39면. 이 글에서 인용하는 김다은의 작품은 모두 이 책에 수록된 것이며, 앞으로 인용 시 괄호 안에 작품명과 인용 면수만을 표기한다.

식인의 존재 양식을 욕망하는 틈새를 발견해내는 것이 이 소설집의 미덕일 것이다. 예컨대 나의 논문쓰기를 방해하는 아파트 윗층의 여인이 기실 "진정 내 마음의 소리를 듣지 못하게 막는 소리의 비곗덩어리"(「셰익스피어 작품에 나타난 무nothing에 대하여」, 116면)였다는 보고나, "지식인들은 우리의 정체성을 스스로 거부하는 행위를 해온 셈이야. 결국, 스스로 몰락할 수밖에 없었지."(「쥐식인의 외출」, 266면)라는 '미래의' 보고가 그러하다. 논문이 써지지 않는 까닭은 외부의 소음 때문이 아니라 스스로 내적인 학문적 욕구를 감지하지 못하는 기능인으로서의 자기 존재 때문이며, 지식인의 몰락은 외부의 모모한 구조 때문이 아니라 자신의 정체성을 고구하려는 문제의식이 소거된 채 서구 콤플렉스에 빠져있는 기능인으로서의 허위 의식 때문이다. 이러한 가상의 존재들은 지식인의 내면을 직시하도록 유도하는 소설적 장치일 텐데, 논문쓰기를 방해하는 윗층 여자는 애초에 존재하지 않는 유령일 따름이며 지식인의 몰락을 증언하는 노인은 다름 아닌 미래의 '나'라는 점이 이를 방증한다. 이들 소설적 존재들은 능동적 유폐와 수동적 고립을 넘어선 지식인의 존재 양식을 욕망하는 주인공들의 분신이라고 할 수 있을 것이다.

지식인 역시 사회적 시스템에 결부된 존재이며, 일상을 영위하기 위해 지식을 생산-유통시키는 기능인임은 분명한 사실이다. 그러나 여기에 멈춘다면 지식인은 결국 시장 독재에 굴하지 않기 위해 스스로 유폐를 선택하여 물리적으로 '아사'하거나, 아니면 체계화된 시스템에 종속되어 자의식이 소거된 채 공공장으로부터 고립되어 지적으로 '아사'할 수밖에 없다. 그렇다면 능동적 유폐와 수동적 고립을 넘어서기 위한 가능성을 어디서 찾을 수 있을 것인가? 일상의 틈새로 표출하는 윗층 여자와 미래의 나로부터 무엇을 배울 수 있을까? 김다은의 소설적 보고서로부터 '다른' 지식인의 존재 양식을 찾는 것은 결국 다른 누군가가 아닌 당신 스스로의 몫일 것이다. 만약, 당신에게 이들의 현현을 추동케하는 은밀한 욕망이 남아 있다면 말이다.

이것이 왜 시가 아니란 말인가?

—맹문재, 『기룬 어린 양들』

1.

먼저 이 시집을 처음 읽고 잠시 들었던 개인적인 의문을 쓸 필요가 있겠다. 맹문재의 이 시집을 읽은 후 '과연 이것을 시라고 부를 수 있을까?'라는 의문이 들었다. 그러니까 일반적으로 통용되는 시에 대한 관념으로는, 이 시집에 실린 작품들이 시로 인식되기 어려운 측면이 있었다는 것이다. 예컨대 이 시집에 실린 작품 중 임의로 아무 것이나 들추어 보자. 어떤 시를 보더라도 1970년대 이후 노동운동 과정에서 죽은 '열사'들의 일대기가 짤막하게 서술되어 있을 것이다. 이를 하나의 전기내지는 평전의 변용으로 볼 수는 있겠지만, 과연 시의 형식에 속한다고 할 수 있을까?

일반적인 관점에서 시는 일정한 주제의식을 선명한 이미지와 내적 리듬을 통해 풀어낸 언어 형식으로 규정된다. 이러한 규정은 개별 문학사조에 따라 매우 다양하게 분화되어 구체적으로 현상되지만, 이들은 모두 하나의 전제를 공유하고 있다. 즉, 시적 발화의 주체를 지식인-엘리트로 한정짓고 있다는 점이다. 당연하게도 명료한 '주제의식'을 모더니즘적인 회화성, 혹은 낭만주의적인 음악성에 기반을 두고 명징한 언어로 형상화한다는 것은 상당한 수준의 문화자본을 요구하는 행위이기 때문이다. 따라서 위에서 언급한 시에 대한 정의가 종종 지식인의 내적 감정의 토로, 사회현실에 대한 지식인의 비판적 인식의 형상화, 혹은 언어 자체가 지니는 미적 가치에 대한 지식인의 경이의 표현에 초점을 맞추어 반복재생산되는 것은 필연적이다. 이들은 그 무시할 수 없는 각각의 차이에도 불구하고 모두 시적 발화의 주체를 지식인-엘리트 집단으로 한정짓고 있기 때문이다.

문제는 이러한 시에 대한 일반적인 정의가 그 시적 주체의 측면에서 시를 결국 지식인-엘리트의 발화 형식으로 한정짓고 있다는 점이다. 비단 시 뿐 아니라 소설, 비평, 희곡 등의 근대문학 장르들은 모두 이와 같은 한계를 내포하고 있다. 이는 근대문학의 형성 자체가 문화적 엘리트들에 의해 주도되었으며, 그 핵심에는 문학 장(場)의 구성원리로서의 '예술의 규칙'(부르디외)이 놓여있었기 때문이다. 이로 인해 이전 시기 풍부하게 존재하던 하위주체들의 자기 재현과 발화 형식으로서의 또 다른 문학은 근대문학의 미달태로 간주되었으며 결국 문학사의 주변으로 추방되었다.

그러나 몇몇 문제적인 텍스트들을 통하여 하위주체의 발화 형식으로서의 또 다른 문학은 미미하지만 꾸준히 하나의 흐름을 형성해왔다. 예컨대 최서해의 「탈출기」로부터 시작하여 1980년대 노동자의 자기 재현 형식으로 자리잡고 현재까지 지속되고 있는 논픽션 양식이나, 혹은 임화의 '단편서사시'로부터 시작하여 다양한 양상으로 변주되어온 일련의 지배적 문화 규범의 전유 형식 등을 들 수 있을 것이다. 이들 흐름은 좁은 의미에서의 근대문학 장(場)의 범주를 넘어, 하위주체를 텍스트의 발화 주체로 설정하기 위한 미학적 실험들의 과정으로 요약 가능하다.

사정이 이러하다면, 맹문재의 시집을 두고 굳이 일반적인 시적 규범에의 적합성 여부를 묻는 것은 그리 중요한 일이 아닐 것이다. 오히려 중요한 것은 그가 어떠한 방식으로 하위주체를 시적 발화의 주체로 설정하기 위한 미학적 실험을 수행하고 있는지를 살펴보는 것이며, 나아가 이로부터 하위주체를 문학적 주체로 설정하기 위한 하나의 미학적 형식의 가능성을 추출하는 것이다. 문제는 고정화된 시적 규범의 틀에 텍스트의 풍요로움을 가두는 것이 아니라, 좁은 틀에 갇혀진 시에 대한 장르적 편견을 새로운 문제설정을 통해 극복하는 것이기 때문이다.

2.

맹문재의 시집에서 두드러지는 형식은 앞서 잠시 언급한 것처럼 전기나 평전과 같은 논픽션 양식이 차용되고 있다는 점이다. 이 시집에 수록된 모든 시는 실제 노동 운동 과정에서 산화해간 열사들의 삶을 형상화하고 있다. 이런 측면에서 이들 시들은 일종의 논픽션 양식이라고 할 수 있을 것이다.

그런데 그의 시가 일반적인 전기나 평전 양식과 구분되는 것은, 그의 시에서 복원되고 있는 인물들이 모두 주류적인 지배 역사 서술에서 배제되고 추방된 인물들이라는 점이다. 일반적인 전기나 평전은 주로 주류적인 지배 역사 서술에서 중요한 위상을 지닌 인물에 대한 서술이 주를 이룬다. 이는 결국 역사의 주체를 소수 권력층으로 한정짓는 효과를 낳는다. 이 과정에서 정작 대문자 역사에 기록되지 못한 하위주체들의 목소리는 공백으로 남게 된다.

맹문재의 이번 시집에 수록된 작품들이 형식적인 측면에서 전통적인 전기나 평전 양식을 차용하고 있으나, 이들 양식과 결정적으로 변별되는 것은 바로 이 점이다. 그는 한국현대사에서 소외되고 추방된, 그러나 신자유주의적 사회 재편의 폭력 속에서 다시 복원되어야 할 인물들의 목소리를 다루고 있다. 예컨대 다음과 같은 시를 보자.

> 정신병원에 입원한 아버지와 원목공장에 다니는 어머니를 구하려고 중3부터 방직공장에 나갔지
>
> 깨진 손가락을 짊고 도자기와 타일 만드는 공장으로 나아갔지
>
> 화공약품 냄새에 두통을 앓고 코피를 쏟다가 반신불구가 되었지
>
> 글자를 모르고 큰소리를 모르는 그녀의 어머니를 불러 고혈압으로 쓰러졌다고 사장은 속였네
>
> 그녀의 산재 처리는 사건도 없고 신문고도 없는 연극으로 끝났네[6]

솔직히 고백하건대, 이 시를 읽기 전까지 나는 '김성애'가 누군지 몰랐다. 대문자 역사에 그녀의 이름이 없었기 때문이다. 그러나 그녀의 삶이야말로 이른바 '한강의 기적' 이면에 가려진 우리 현대사의 어둠이 아닌가? 대문자 역사는 언제나 지배층의 역사일 뿐이며, 하위주체의 역사는

---

6 맹문재, 「김성애」, 『기룬 어린 양들』, 푸른사상, 2013. 이 글에서 인용하는 맹문재의 작품은 모두 이 책에 수록된 것이며, 앞으로 인용 시 괄호 안에 작품명만을 표기한다.

그 이면에 숨겨져 있을 따름이다. 그렇다면, 만약 시적 윤리가 공적인 층위에서의 경제성장 지표로 환원되지 않는 그 이면의 낮은 목소리를 복원하는 것이라면, 위의 작품이 시적 윤리를 수행한 중요한 사례라고 말할 수 있지 않을까? 대문자 역사에서 지워진 '김성애'의 삶을 일대기 형식으로 풀어내면서 그녀의 삶에 새겨진 하위주체의 목소리를 복원하고 있다는 점에서 말이다. 여전히 시적 윤리가 놓여야 할 자리가, 가장 낮은 곳의 목소리가 존재하는 바로 그곳이라면 말이다.

3.

그런데 하위주체의 목소리를 복원하는 시적 문법은, 아무래도 지배적인 역사 서술, 혹은 규범적 문학 장의 문법과는 다를 수밖에 없다. 당연하게도 시적 형식은 내용에 의해 규정되기 때문이며, 동시에 시적 내용은 그에 걸맞는 형식의 모색을 통해서만 외화되기 때문이다. 이러한 실험과 모색이 동반되지 않는다면, 위와 같은 시는 시적 윤리의 층위에서의 성과에도 불구하고 그 미학적 층위에서는 충분한 성과를 거두지 못했다는 평가가 가능할 것이다.

이와 관련하여 맹문재는 자신의 목소리를 전면화시키는 대신, 하위주체 스스로의 발화를 복원하려는 미학적 실험과 모색을 보여준다. 이들 스스로의 발화는 많은 경우 삐라나 성명서, 르포나 체험 수기 등의 형식으로만 남아 있다. 이러한 형식을 시에 도입함으로써 지식인-엘리트에 의해 해석되어진 하위주체가 아닌, 그들 스스로의 발화를 복원하기 위한 실험이 이 시집을 관통하는 중요한 특징 중 하나이다.

아! 어리석은 우리는 이제야 깨닫습니다. 동지가 이 세상에서 가장 사랑했던 것이 바로 공장 노동자였습니다. 세계에서 가장 부지런한 사람들이면서도 가장 천대받는 이 나라 노동자들.

허울 좋은 고도성장과 알량한 선진조국의 환상 속에서 하늘 높은 줄 모르고 치솟는 월세 방값에 한숨지으며, 먼지조차 빠져나갈 수 없는 캄캄한 작업장에서 기계에 손가락이 잘리고, 언제 산업재해로 죽을지도 모르는 생지옥 같은 공장에서 뼈 빠져라 일해도 돼지고기 한 근도, 딸네미가 입고 싶어 하는 꼬까옷 하나도 마음 놓고 못 사고, 천 원짜리 싸구려 옷도 큰맘 먹어야 겨우 살 수 있는 이 땅의 1천만 노동자를 사랑하셨군요.

아! 당신은 인간답게 살기 위해 몸부림친 1천만 노동자의 동지입니다.

문재환(서울 동부지역 금속노조위원장),
「동지를 생각하며」 중에서

—「조정식」 전문

"사랑하는 나의 형제들이여
나를 이 차가운 억압의 땅에 묻지 말고
그대들 가슴 깊은 곳에 묻어주오
그때만이 우리는 비로소 완전히 하나가 될 수 있으리.
인간답게 살고 싶었다.
더 이상 우리를 억압하지 마라.
내 이름은 공순이가 아니라 미경이다."

30분 더 일하기 운동!
불황 극복 50일 작전!

3무 운동!

잔혹하게 지시하는 사장에 맞서
그녀는 비문을 썼네

—「권미경」 전문

위의 시들은 공통적으로 하위주체 스스로의 발화를 시에 도입하는 형식을 취하고 있다. 「조정식」의 경우 동료의 추도문이, 「권미경」의 경우 그녀의 유서가 그대로 시에 차용되어 있는 형식이다. 이러한 삽입 텍스트들은 자칫 지식인-엘리트로서의 시인에 의해 '전유'되기 쉬운 하위주체의 목소리를 그들 '스스로'가 발화하도록 만드는 역할을 한다. 많은 민중시들이 빈번히 저지른 미학적 서투름 중에 하나는, 지식인-엘리트의 관점에서 하위주체의 삶을 선험적으로 해석하면서 정작 하위주체의 생생한 스스로의 목소리를 복원하기 위한 미학적 실험과 모색의 중요성을 간과했다는 점이다.

맹문재의 시들이 중요한 이유 중 하나는, 그의 시가 추도문이나 유서를 비롯한 하위주체 스스로의 목소리를 담은 텍스트를 삽입하여 낮은 목소리 그 자체를 발화하도록 만드는 미학적 모색을 보이고 있기 때문이다. 민중시가 진정 하위주체의 삶을 재현하기 위해서는, 무엇보다 시적 내용의 측면 뿐 아니라 그 형식적 측면에서도 하위주체의 목소리를 복원하기 위한 실험과 모색이 수반되어야 한다. 이럴 때에만 지식인-엘리트의 관념적 급진성을 극복하고, 하위주체의 '낮은 목소리'를 복원하는 형식, 이를 통해 하위주체를 시적 화자로 설정하는 미학적 형식의 고안이 가능하기 때문이다.

4.

그런데 간과할 수 없는 문제가 있다. 하위주체의 목소리를 왜 복원해야 하는가의 문제가 그것이다. 단순히 대문자 역사에서 배제되고 추방된 이들의 삶을 재현해야 한다든가, 혹은 시적 주체를 확장시켜야 한다든가 하는 진술은 지나치게 관념적이어서 설득력을 얻지 못한다. 오히려 우리가 직시해야 할 것은 하위주체의 목소리를 통해 시적 화자의 목소리가 어떻게 변화할 수 있는가에 대한 정직한 답변이다. 당연하게도 사후적으로 이들의 목소리를 복원하는 시인의 시쓰기 작업은, 곧 하위주체의 목소리와 시인의 문제의식이 마주쳐서 만들어내는 대화적 공간(바흐찐)의 창출에 다름 아니기 때문이다. 따라서 이 시집에 수록된 시들이 종종 두 겹의 목소리로 구성되어 있는 것은 우연이 아니다.

> 지배와 복종의 질서를 지키려고 하는 사람들은
> 철조망을 넘어서려고 하는 사람들을 짓밟고
> 그 쓰러진 얼굴 위에다가 침을 뱉는다
>
> 「철조망」 중에서

> 도급제와 폭언과 폭행을 철폐하려고
> 그는 시를 썼네
>
> 철조망을 씹으며 썼네
>
> —「김처칠」 전문

위 시는 두 개의 목소리로 구성되어 있다. 하나는 '김처칠'의 목소리인

「철조망」의 일부이며, 다른 하나는 이에 대한 시적 화자의 해석이다. 이 두 겹의 구성을 통해 비로소 하위주체와 시적 화자간의 교감과 연대가 수행된다. 시적 화자는 '김처칠'의 목소리를 시에 삽입하여 복원하는 동시에, 그의 "철조망을 씹으며" 시를 쓰는 행위에 대해 의미를 부여한다. 이를 통해 시적 화자는 자신의 시쓰기에 대한 성찰을 수행하는 계기를 생성한다. 이는 다음 시에서도 마찬가지이다.

> "그의 참된 위대성은 소박한 마음가짐에 있었고
> 참으로 올바르게 세상을 사는 방법을 알았을 때
> 평탄하고 안이한 삶이 아닌
> 고난과 도전에 직면하여 분투 항거할 줄 아는 실천하는
> 진짜 노동자였다"
>
> 그의 비문을 읽다가
> 진짜 노동자를 생각하네
>
> 책임감이 강한 노동자…… 올바르게 살아가는 노동자…… 노동자들과 장엄하게 분투하는 노동자……
>
> —「김종수」 전문

위의 시 역시 '김종수'의 비문과 이에 대한 시적 화자의 해석으로 이루어진 두 겹의 구성을 취하고 있다. 하위주체의 목소리는 시적 화자로 하여금 "진짜 노동자"의 삶에 대해 사유하도록 하는 계기로 작동한다. 이를 통해 비로소 시적 화자는 문학 창작 노동자로서의 시인의 삶에 대해 사유할 수 있다.

이와 같이 이 시집에 수록된 시들은 하위주체의 목소리와 시적 화자의

목소리의 겹침을 통해 독특한 대화적 공간을 창출하는 구조를 취하고 있다. 그 결과 하위주체의 목소리는 단지 박물지적인 기록으로 존재하는 것이 아니라, 현재 시점의 시적 화자의 시쓰기에 대한 자의식을 형성하는 계기로 변증되고 있다. 이러한 구성은 '왜 하위주체의 목소리를 복원해야 하는가?'에 대한 구체적인 하나의 답이 될 수 있을 것이다. 결국 하위주체의 목소리가 의미를 지니는 것은, 그 목소리가 주체의 삶과 교감하며 연대하는 계기를 마련해줄 수 있다는 사실 때문이며, 이로부터 새로운 시적 주체의 탄생이 가능하기 때문이다.

5.

글의 첫 부분에서 맹문재의 이번 시집에 수록된 시들이 과연 시인가, 라는 질문을 던졌다. 어쨌든 지배적인 문학 장에서의 규범에 의하면 낯선 진술들로 가득 찬 텍스트이기 때문이다. 그러나 기실 고정된 시, 고정된 문학이란 존재할 수 있는 것일까? 엄밀히 말해 사회적 제도로서의 문학 장이 형성되며, 그에 따른 '예술의 규칙'에 따라 장르의 규범이 형성되는 것은 아닐까? 그렇다면 이것이 시인지, 혹은 아닌지에 대한 질문은 큰 의미를 지니지 못할 것이다. 오히려 중요한 것은 이 시집이 어떠한 방식으로 하위주체의 목소리를 복원할 수 있는 '다른' 형식을 실험하고 모색하고 있는지를 구체적으로 살펴보는 것이다.

그렇다면 대문자 역사에서 배제되고 추방된 이들의 일대기의 서술과 하위주체 스스로의 발화의 복원, 나아가 이를 통한 하위주체와 시적 화자 간의 대화적 공간의 창출을 시라고 부르지 못할 이유가 있을까? 신자유주의의 폭력이 도처에 난무하는 시대, 이를 외면한 내면의 토로와 언어의 조탁만을 시로 한정지을 이유가 있을까? 그렇다면 다시 당신에게 물을 수도 있겠다. '이것이 왜 시가 아니란 말인가?'

기담의 시적 형식

— 임현정, 『꼭 같이 사는 것처럼』

1.

임현정의 첫 시집에서 눈에 띄는 특징 중 하나는 '기담'의 진술이다. 그녀의 시가 펼치는 공간은 "사람들이 도마 위에서 잠들 때마다/ 언 대가리들이 댕강댕강 잘려"[7] 나가는 곳이며, "뭉텅 잘린 머리 다발이 발견"(「층층 캐비닛」)되는 곳이다. 이 공간에서는 종종 "위대한 과학자"가 "외발자전거를 타고 모형 화산을 만들거나/무쇠 나팔을 불면서 방사선 폭죽을 펑펑 터뜨"리는 "원숭이"(「각설탕」)가 되기도 하고, 하늘에는 "붉은 즙이 뚝뚝 떨어지는 구름들"(「여우 묘가 있는 마을」)이 출몰하기도 한다. 그리고 종국에는 다음과 같은 일도 벌어지곤 한다.

7 임현정, 「물렁한 도마」, 『꼭 같이 사는 것처럼』, 문학동네, 2012. 이 글에서 인용하는 임현정의 작품은 모두 이 책에 수록된 것이며, 앞으로 인용 시 괄호 안에 작품명만을 표기한다.

일본식 다다미방이었는데
바닥을 걷으니까 거대한 수조였어
마을 사람들은 깊이를 알 수 없는 검은 물속으로
그물을 던져넣었지
조심조심
순식간에 빨려들어가서
이듬해에 뼈를 조립한 적도 있어

여자들은 기름을 끓이고 풋내 나는 야채를 다졌어
웅성대던 소리가 멈춘 순간 보았지
아가리를 쫘악 벌린 괴상한 물고기
비늘도 없이 물컹대던
집채만한 공포
거기서 튀어나온
아랫도리만 남은 여자까지

기름은 적당한 온도로 달아오르고
남자들은 능숙하게 물고기 혀를 잘랐어
물 밖에서는 이상하리만치 유순한 성질
다시 유영하기 전까진
유예된 시간입니다
막 튀긴 어묵을 먹으며 물었지

칼등으로 혓바닥을 다지던 여자가 웃었어
그래서 저기가 마을회관이랍니다
방 밑으로 떨어지는 말소리를
받아먹고 살아요 끝없이 자라나는 혀,
잘라주어야 해요
간혹 불특정 소수가 사라지기도 하지만

모두 방 밑으로 가라앉던 이름이랍니다

쫄깃쫄깃 어묵은 그래서
이 지방 특산물

눈이 내리고 있었어
굵은 소금에 절여지듯 숨을 죽이고서
모두 어묵을 먹고 있었지

—「빨간 어묵」, 전문

그러니까 임현정의 첫 시집에 빈번히 등장하는 기담은 뚜렷한 '기원'을 가진 셈이다. 그것은 "마을회관"에서 만들어지는 것이며, 사라진 "불특정 소수"의 "방 밑으로 가라앉던 이름들"을 원료로 한 것이다. 흥미로운 것은 기담, 즉 "이 지방 특산물"이기도 한 "쫄깃쫄깃 어묵"이 "끝없이 자라나는 혀"를 잘라낸 것이라는 진술이다. 이로부터 그녀의 기담이 생성되는 기원을 추적할 수 있다.

근대의 발화는 투명한 주체에 의한 투명한 진술을 그 핵심적인 규범으로 설정한다. 따라서 불투명한 잉여의 진술은 추방되기 마련이며, 이는 곧 기이하고 불온한 기담의 축출로 이어진다. 그럼에도 기실 투명한 발화 주체와 투명한 진술 내용이라는 규범 자체가 하나의 허상에 불과하기에, 기담의 끊임없는 출몰은 필연적인 것이기도 하다.

그 결과 기담의 발화 주체는 투명한 시민이 아닌 "불특정 소수"로 귀결되며, 그 진술 내용은 투명한 담화가 아닌 스스로를 증식하는 "끝없이 자라나는 혀"의 잉여로 나타난다. 이를 잘라내지 않으면 "마을회관"으로 표상되는 커뮤니티의 담화는 그 지배적 지위를 유지할 수 없기에, 근대는 다양한 방식으로 기담을 담론 장에서 배제하고 축출하는 메커니즘을 고안해왔다. 임현정은 이와 같은 사실을 뚜렷하게 인식하고 있다. 이것이 그녀의 첫 시집에 빈번히 등장하는 기담이, 단순히 기이한 이야기 자체에 대한 탐닉이 아닌 시인으로서의 자의식을 드러내는 징표임을 확인시켜 준다.

2.

그러나 단순히 기담을 시적 원천으로 삼는 것만으로는 부족하다. 왜냐하면 기담은 고유한 시적 형식을 통해 재구성될 때, 비로소 소재적 층위에서의 낯섦을 넘어 '다른' 시의 영역으로 전이될 수 있기 때문이다. 이와 관련하여 그녀의 기담이 투명한 발화가 아닌 떠도는 기표들의 자기 증식의 형식으로 유통된다는 사실이 주목된다. 예컨대 다음과 같은 진술들을 살펴보자.

> 얼굴을 어깨에 묻은 채 울고 있는/ 배가 부푼 구덩이도 있었대(「폼페이에서 보낸 마지막 날」)

> 어느 위대한 과학자가/ 실험용 원숭이에게 자신의 뇌를 이식했다는데(「각설탕」)

> 코가 뭉개진 그 여자,/ 비린내 나는 허공을 잉태했지만,/ 태아까지 말려 죽였다는군(「물렁한 도마」)

> 가스 검침원이 벽에 기대 있는 걸 발견했다지/ 오래된 얼룩처럼 번

져 있었대(「괘종시계가 울리는 밤」)

위의 인용된 진술들은 모두 시적 화자가 아닌 '외부'로부터 '들은' 소문을 전달하는 형식을 지니고 있다. 당연한 말이지만, 소문에는 주체가 없다. 주체가 있다면 스스로 자기 증식하는 소문 그 자체일 뿐이다. 그러니 소문의 정체는 "무성한 소문이라는 소문"(「반디, 검은 망사 커튼 그리고 늙은 말」)일 따름이다. 그 결과 소문은 투명한 발화 이면의 잉여로서 존재한다. 그러나 투명한 발화가 증언하지 못하는 비-주체들의 목소리는, 종종 소문을 빌려 투명한 주체의 틈새를 비집고 현현하기도 한다.

기실 소문, 특히 기담을 담은 소문이 유통되는 시기는 언제나 지배적인 담화 질서의 '위기'가 가시화되던 시기였다. 얼핏 단단한 것으로 보이는 지배적인 담화 질서가 그 정당성을 지속적으로 승인받지 못할 때, 그 이면에 잠재되어 있던 '다른' 담화는 소문의 형식으로 삐져나오곤 했다.

그렇다면 임현정의 '기담'이 '소문'의 형식을 통해 시의 영역으로 전이되고 있다는 사실은 무엇을 의미하는가? 근대의 발화의 잉여에 해당하는 기담을 비-주체들의 발화 형식인 소문으로 표현한다는 것. 이 지점으로부터 기담의 시적 형식에 대한 단초를 찾을 수는 없을까? 수많은 기담이 난무하는 시대임에도 불구하고, 아직 이를 시의 영역에서 충분히 형식화한 사례를 우리는 알지 못하기 때문이다.

3.

그로테스크로 호명되는 시적 정조는 2000년대 이후 한국 시에서 더 이상 낯선 장면이 아니다. 아니, 어떤 의미에서는 그로테스크 자체가 지나치게 남발된 나머지 오히려 익숙한 것으로 느껴지기까지 한다. 같은 맥락에서 기담 역시 그 미적 전율의 계기를 충분히 제공하지 못한 것은 아닌가 싶다. 이러한 사정의 원인 중 하나가 소재적 층위에서의 그로테스크적 기담이 시적 형식으로까지 발현되지 못한 것임은 부정하기 어려운 사실이다.

그래서 임현정의 첫 시집은 반갑다. 우리에게는 여전히 투명한 주체의 투명한 발화를 의심케하는 기담이 필요하다. 그러나 여기서 멈추어서는 안된다. 기담이 지닌 전복적 상상력을 고유한 시적 형식을 통해 현현하게 만드는 실험이 수반되어야 한다. 그때, 비로소 기담은 비-주체들의 목소리를 복원하는 원천으로 작동할 수 있기 때문이다. 비록 그것이 아직 "좌표 없이 윙윙대는 것"일지라도 말이다. 본디, 기담과 소문은 공히 "끼이익, 급브레이크를 잡는 순간/ 느닷없이 날아오는 것"(「자기소개서」)이지 않은가?

전지구적 자본주의 시대 탈분단시의 가능성

— 하종오, 『남북상징어사전』

1. 분단체제의 변화에 따른 시적 사유의 진전

하종오의 새 시집을 읽기 전에, 먼저 그의 시적 행적을 잠시 살펴볼 필요가 있을 듯하다. 우선 1980년대 민중문학의 흐름 속에서 당대 분단 현실에 대한 심도 깊은 천착을 보여준 작품들을 들 수 있다. 그의 첫 시집인 『벼는 벼끼리 피는 피끼리』에 수록된 작품들이 이를 단적으로 보여주는 데, 이 작품들은 냉전 체제 속에서 공고화된 분단 현실에 대한 인식과 이의 극복에 대한 열망을 뜨겁게 형상화하고 있다. 이제 문학사적 정전의 하나로 자리매김한 하종오의 당시 작품을 먼저 살펴보자.

우리야 우리끼리 하는 말로
태어나면서도 넓디넓은
평야 이루기 위해 태어났제
아무데서나 푸릇푸릇 하늘로 잎 돋아내고
아무데서나 버려져도 흙에 뿌리박았는기라

먼 곳으로 흐르던 물줄기도 찾아보고
날뛰던 송장메뚜기 잠재우기도 하고
농부들이 흘린 땀을 거름 삼기도 하면서
우리야 살기는 함께 살았제
오뉴월 하루볕이 무섭게 익어서
처음으로 서로 안고 부끄러워 고개 숙였는기라
우리야 우리 마음대로 할 것 같으면
총알받이 땅 지뢰밭에 알알이 씨앗으로 묻혔다가
터지면 흩어져 이쪽 저쪽 움돋아
우리나라 평야 이루며 살고 싶었제
우리야 참말로 참말로 참말로

—「벼는 벼끼리 피는 피끼리」 전문

위의 작품은 민중적 언어를 통해 분단체제를 극복하고 조국의 자주적 통일을 이루기 위한 시적 열망을 절실하게 표현하고 있다. 굳이 시에 대한 해설을 덧붙이지 않아도 '벼'-'우리'와 '피'-'외세'의 대립구도가 전면화되어 당대 외세에 의해 강요된 분단체제 극복의 의지가 시적 파토스로 표출되고 있음을 쉽게 알 수 있다. 이와 같은 인식은 지금은 널리 알려진 것이지만, 1980년대라는 시대적 상황을 고려한다면 만만치 않은 시적 사유를 선취한 작품으로 평가될 수 있다. 이러한 시적 흐름은 이후 1990년대까지 『분단동이 아비들하고 통일동이 아들들하고』 등의 시집을 통해 지속적으로 유지된다.

그런데 위의 작품에서 나타나는 '우리'와 '외세'의 대립구도는, 현재적 관점에서 보자면 다소 거친 구분이기도 할 것이다. 기실 매우 다기한 양상으로 표출되는 남북한 인민의 삶을 '우리'라는 틀로 환원시키는 순간 또 다른 형태의 전체적 억압이 도래할 개연성 역시 잠재되기 때문이다. 더불어 자본주의 세계체제의 급격한 변화 속에서 위와 같은 민족과 외세의 이분법적 사유가 여전히 유효한지에 대한 문제제기 역시 가능할 것이다.

이러한 맥락에서 2000년대 이후 하종오의 시가 보다 확장된 시야를 담지한다는 점이 주목된다. 2000년대 이후 이른바 일국 단위를 넘어서는 전지구적 자본주의 체제가 확립되기 시작하며, 이는 남북한 사회에도 엄청난 파급력을 행사한다. 이러한 과정에서 하종오는 변화된 전지구적 자본주의 시대, 국경을 넘어 존재하는 주변부 인민들의 삶에 대한 정치한 인식과 탐구를 진행하는 것으로 시적 모색의 방향을 바꾼다. 『국경없는 공장』부터 가장 최근에 출간된 『제국』에 이르기까지의 일련의 작품들이 이에 해당할 것이다. 이들 작품은 공통적으로 전지구적 자본주의 시스템의 운동 메커니즘과, 이로부터 억압된 주변부 인민들의 현실에 초점을 맞춘다. 특히 주목되는 것은 그의 시적 사유가 과거 저항적 민족주의적 감수성을 넘어서, 우리 내부의 타자들, 즉 이주노동자 등으로 대표되는 제 3세계 인민들에 대한 교감으로까지 나아가고 있다는 점이다. 이를 통해 그는 과거 일련의 분단극복의 의지를 담은 시들이 지닌 민족주의적 감수성의 한계를 극복하고, 전지구적 자본주의 체제 속에서 주변부 인민들간의 연대의 가능성을 모색하는 성과를 낳고 있다. 이는 특히 1980년대 민중문학의 흐름 속에서 작품 활동을 활발히 진행하던 많은 시인들이, 정작 2000년대 이후 변화된 전지구적 자본주의 체제 속에서 새로운 시적 저항의 좌표를 충실히 모색하지 못한 것을 상기할 때 더욱 중요한 시사적 성과라고 할 수 있을 것이다.

그리고 2011년, 하종오의 새 시집 『남북상징어사전』은 1980년대 그가 지향한 분단 극복의 의지와 2000년대 그가 탐구한 전지구적 자본주의 체제에 대한 인식을 변증시켜, 변화된 정치경제학적 구조 속에서 새로운 탈분단시 어법의 가능성을 표출한다. 이를 한 마디로 '전지구적 자본주의 시대 탈분단시의 가능성'이라고 명명할 수 있을 듯하다. 즉, 전지구적 자본주의 체제라는 세계사적 보편성과 분단이라는 한반도의 특수성을 변증시켜 우리에게 새로운 시적 사유의 일단을 제시하고 있다는 점에 이번 하종오 시집의 문학사적 의의가 있을 것이다. 이제 그 성과를 차근차근 살펴보며 우리 문학에 요구되는 탈분단시의 한 가능성을 추출할 차례이다.

2. 저항시에 대한 자기 성찰의 무게감

과거 민족주의적 감수성에 입각한 분단극복의 시편들은, 이제 낡은 것으로 치부되는 것이 현실이다. 그리고 그 자리에 새로운 서정의 시편들이 우리 시의 주류적 흐름으로 자리잡고 있는 것이 현실이다. 그러나 정작 저항시의 어떠한 측면이 극복되어야 하며, 새로운 서정시는 어떠한 어법을 획득해야 하는가에 대한 치열한 시적 자의식은 찾아보기 어려운 것도 분명한 사실이다. 이런 현실에서 다음과 같은 하종오의 자기 고백은 큰 울림을 지닌다.

> 대다수 남한시인들은 저항시의 시효가 끝나고
> 자신을 들여다보고 싶은 시대라서
> 쓰는 족족 시정시가 된다고 한다
> 하, 나에게는 그런 내면이 없다
>
> 가까운 남한국민들과 같은 말소리를 하는
> 먼 북한인민들에게서 들려오는 말소리에

웃음기보다는 울음기가 더 많이 들어 있어
이명인지 환청인지 의문하는 동안
나는 대다수 남한 시인들이 쓰는 서정시를 쓸 수가 없다
하, 나에게는 그런 감정이 없다

들은 그대로 본 그대로
수식어와 수사를 떼어내고
나는 시를 쓰는데
저항시도 되지 않고
서정시도 되지 않는다
저항도 없고 서정도 없는 시를 쓰는
북한시인들을 이해하기도 하면서 이해 못하기도 하면서
나는 쓰고 있지만
하, 나의 시를 무슨 시라고 해야 할까[8]

분명 지금은 "저항시의 시효가 끝나고/ 자신을 들여다보고 싶은 시대"이다. 문제는 "자신을 들여다보"는 시적 행위는 어떻게 가능한가에 대한 치열한 시적 성찰이다. "자신을 들여다보"는 것이 자폐적 층위에 그치지 않기 위해서는 시적 주체와 타자간의 윤리적인 관계맺음에 대한 모색이 필수적이다. 이러한 타자에 대한 인식이 부재한 채 도래한 "자신을 들여다보고 싶은 시대"의 "서정시"는 진정한 '서정'에 이르지 못하는 자폐적 내면의 토로에 멈추기 쉽다.

따라서 진정한 "서정시"의 시대는 타자의 목소리를 먼저 들으려는 시적

---

8 하종오, 「저항시의 시효가 끝나고, 서정시의 시효가 끝나고」, 『남북상징어사전』, 실천문학사, 2011. 앞으로 이 글에서 인용하는 하종오의 작품은 모두 이 책에 수록된 것이며, 앞으로 인용 시 괄호 안에 작품명만을 표기한다.

주체의 윤리적 행위를 통해서만 도래할 수 있다. 서정이 서정의 이름에 값하기 위해서는 타자와의 교감이 선행되어야 하기 때문이다. 이런 점에서 하종오가 "먼 북한인민들에게서 들려오는 말소리에/ 웃음기보다는 울음기가 더 많이 들어 있어" 서정시를 쓸 수 없다고 진술하는 것은 중요하다. 왜냐하면 그는 "자신을 들여다보고 싶은 시대"를 성급히 수용하기 이전에, 분단체제의 타자인 "북한인민들에게서 들려오는 말소리"를 먼저 듣고자 하기 때문이다. 적어도 과거 분단모순에 대한 진지한 탐구를 진행했던 시인이라면, 성급한 "서정시"의 시대를 선언하기 이전에, 서정에 전제되는 타자의 목소리를 복원시키려는 시적 고투가 선행되어야 한다. 그럴 때 비로소 분단체제에 의해 억압된 타자와의 교감을 시도하는 윤리적인 서정이 가능하기 때문이다.

따라서 하종오가 자신의 시에 대해 "저항시도 되지 않고/ 서정시도 되지 않는다"고 진술하는 것은 필연적이다. 과거 분단극복을 지향했던 문학이 감상적 민족주의의 한계로 인해 그 유효성을 상실한 시대, 생경한 구호에 그치는 저항시가 미적 감동을 줄 수 없음은 분명한 사실이기 때문이다. 동시에 분단체제의 타자인 북한 인민의 목소리를 소거시킨 서정이란 기실 자폐적인 층위를 벗어나지 못하는 것이기에, 고립적인 내면의 토로에 그치는 서정시가 그 진정성을 확보할 수 없다는 점 역시 분명한 사실이기 때문이다. 그러하기에 이 시의 결말이 "나는 쓰고 있지만/ 하, 나의 시를 무슨 시라고 해야 할까"라는 진술로 귀결되는 것은 정직하다. 정확히 우리 시대의 시는 낡은 규범은 사라졌으나 새로운 규범은 창출되지 않은 이 지점에 놓여 있기 때문이다.

그러나 언제나 뛰어난 시편들은 이론적 규범보다 먼저 출몰하기 마련이다. 하종오 역시 '낡은 규범'을 극복할 '새로운 규범'의 일단을 구체적인 작품들을 통해 보여주고 있다. 그렇다면 이제 그가 제시하는 탈분단시의 새로운 규범의 가능성들을 꼼꼼히 살펴볼 차례이다.

3. 낀 존재(in between)로서의 남한 자본주의에 대한 성찰

새로운 탈분단시의 모색을 위한 하종오의 작업은 우선 현재 시인이 위치한 남한 사회의 반(半)주변부적 성격에 대한 역사적인 탐구로부터 진행된다. 과거 제국의 신식민지로서 일방적인 착취와 수탈의 대상이던 남한은, 이제 전지구적 자본주의 체제 속에서 반주변부의 위상을 점하며, 주변부 인민에 대한 중심부 제국의 착취와 수탈을 대행하는 기묘한 하위 제국의 역할을 수행하게 되었다. 동시에 중심부 제국에 의해서는 여전히 착취와 수탈의 대상으로 존재하는 낀 존재(in between)로서의 위상이 남한에 새롭게 부여된다. 이에 대한 정직한 응시로부터 과거 민족주의적 감수성의 근본적인 극복이 가능하다는 점은 명확하다. 더욱이 제 3세계 주변부의 많은 인민들이 과거 한국전쟁으로 인해 직간접적인 상처를 받았다는 점을 고려할 때, 이는 더욱 중요한 작업일 것이다. 이러한 맥락에서 예컨대 다음과 같은 작품은 소중하다.

> 한국에도 필리핀에도
> 독재 정권이 들어섰다가 물러났는데
> 필리핀은 가난하고 한국은 부유한
> 그 이유를 정말 이해할 수 없는
> 다 늙은 노인네 모이세스 티안도그 씨는

한국보다 잘살았던 필리핀의 팔팔한 군인으로
한국전쟁에 참전했다가 박수 받고 돌아왔는데
한국보다 못사는 필리핀의 팔팔한 청년으로
한국 공장에 취업했다가 돌아온 손자가
무시당했다는 말을 해서
그 이유도 도무지 이해할 수 없었다

필리핀에서 한국으로
자신이 전투병으로 갔다가
부상병이 되어 돌아온 지 오십여 년 만에
손자가 이주노동자로 갔다가
장애인이 되어 돌아온 사실 앞에서
다 늙은 노인네 모이세스 티안도그 씨는
잘사는 나라 한국이 아직도 휴전중이라는 것도
한국의 전장과 한국의 공장이
못사는 나라 필리핀에서도 가장 한미한
자신의 집안에만 상처를 입히는 것도
아무래도 그 이유를 이해할 수 없었다

―「그 이유」 전문

제 3세계 주변부 인민인 "모이세스 티안도그 씨"는 과거 한국 전쟁 당시 파병되었다가 "부상병이 되어 돌아온" 이력이 있다. 이 비극의 역사는 그 후 "오십여 년 만에" 그의 "손자가 이주노동자로 갔다가/ 장애인이 되어 돌아온" 사건을 통해 반복된다. 따라서 이러한 질문이, "모이세스 티안도그 씨"에게는 가능하다. "한국의 전장과 한국의 공장이/ 못사는 나라 필리핀에서도 가장 한미한/ 자신의 집안에만 상처를 입히는 것"은 도대체 무엇 때문인가? 이에 대한 답은 다음과 같은 작품에서 찾을 수 있다.

남한회사와 제품을 구매하기로
계약한 앤서니 캠벨 씨,
남한과 북한 사이가 어떻게 되든
전혀 알 바가 아니다
북한 공장에서 미싱으로 박은 옷들을
남한 회사에서 제 날짜에 선적하는 것을
앤서니 캠벨 씨는 예삿일로 여긴다
아버지가 한국전에 참전했다가 죽고
유복자로 자라난 앤서니 캠벨 씨,
바이어가 된 뒤로
일 년에 몇 번씩 방문하지만
자신의 나이만큼이나 오랜 세월 동안
남한과 북한이 서로 으르렁거리고 있다고 하니
아버지의 짧았던 일생을 일체 말하지 않는다
남한과 북한 사이가 틀어지는 사건이 생겨
생산 일정에 차질이 오면
그것은 남한 회사와 북한 공장이 해결해야 할 일,
앤서니 캠벨 씨의 고민거리가 아니다
남한 회사와 거래하는 무역상으로서
국가 간의 문제를 이해해주면서까지
손해 봐야 할 이유가 전혀 없는 영국인 바이어,
항상 계약서대로 점검하는 앤서니 캠벨 씨,
북한에도 유감없고 남한에도 유감없다

—「바이어」 전문

남한은 반주변부 국가로서 필리핀의 주변부 인민인 "모이세스 티안도그 씨"의 손자에게는 착취를 자행하고 있으나, 동시에 남북의 분단은 중심부 제국의 일원인 "영국인 바이어" "앤서니 캠밸 씨"에게는 곧 무역상의 이윤을 남겨주는 구조로 작동한다. 즉, "북한 공장에서 미싱으로 박은 옷들을/ 남한 회사에서 제 날짜에 선적하는 것"은 단지 남북 간의 문제가 아니라 이미 전지구적 자본주의 체제 속에서 중심부 제국의 이윤 창출이 개입하는 새로운 '시장'으로 편입되고 있는 것이다. 그러나 이 작품은 이러한 냉혹한 시장의 법칙에도 그늘이 존재함을 놓치지 않는다. "앤서니 캠밸 씨" 역시 "아버지가 한국전에 참전했다가 죽고/ 유복자로 자라난" 과거를 지니고 있기 때문이다.

과거 분단극복의 의지를 담은 시들이 급격히 위축된 근본적 원인 중 하나는 과도한 민족주의적 감수성으로 인해 분단체제를 일국적 단위에서 사유했던 점이다. 특히 이 과정에서 일방적인 제국주의의 '희생자'로서의 남한의 존재만이 부각되었는데, 이는 2000년대 이후 급속히 자본주의 세계체제의 반주변부로 편입된 남한의 특이한 낀 존재로서의 성격을 간과한 감이 있다. 그러나 분단체제가 전지구적 자본주의 체제에 의해 규정되는 하위 범주이며, 따라서 이의 근본적인 극복은 변화된 남한 자본주의의 위상에 대한 치열한 자기 성찰로부터 가능하다는 점은 충분히 강조될 필요가 있다.

위의 작품에서 나타나는 시인의 인식을 통해 한국전쟁과 분단체제는 단지 한반도에 국한된 일국적 · 국지적 문제가 아닌, 전지구적 자본주의 체제의 이해관계가 복합적으로 얽혀있는 문제임이 제시된다. 이로써 하종오는 분단의 문제를 전지구적 자본주의의 틀 속에서 폭넓게 탐구할 수 있는 시야를 확보하게 된다. 이러한 성과는 단지 하종오 개인의 것이 아니라, 1980년대 민중문학적 흐름 속에서 형성된 분단극복의 의지를 담은 우리 시가 새로운 인식론적 방법론을 획득한 문학사적 사례로 기억될 필요가 있을 것이다.

4. 분단체제의 변화와 위로부터의 통일 담론에 대한 비판

다른 한 편으로 하종오는 분단체제의 변화에 따른 새로운 저항시의 가능성을 모색한다. 특히 그의 이번 시집에서 주목되는 것은 과거 절대적인 '선'으로 설정되었던 통일 담론이 남북한 지배체제에 의해 포획된 지점을 폭로하고, 나아가 남북한 인민들에 의한 아래로부터의 탈분단이라는 새로운 시적 지향을 제시하고 있다는 점이다.

2000년대 이후 남한 자본주의의 급격한 성장과 북한 국가사회주의의 급격한 몰락 속에서, 통일 담론은 과거와 같이 남북한 인민의 정치적 급진성을 매개하는 역할보다는, 오히려 남한 자본과 북한 지배층에 의한 위로부터의 지배 담론으로 경화되는 경향이 있다. 이 과정에서 정작 남북한 인민들간의 연대에 의한 아래로부터의 탈분단의 가능성은 점차 약화되고 있는 것이 냉정한 현실이다. 하종오는 이러한 외면하고 싶은 현실을 도저한 시선으로 직시하며 폭로한다.

> 남한에서 차타고 가다 보면
> 시야가 확 트인 기슭이나 벌판에만
> 서 있는 야외 광고판을
> 북한에서도 보게 될 날을
> 광고기획자 하종오 씨는 손꼽는다
>
> 그날을 위하여
> 지도를 살펴보며 좋은 위치를 잡고
> 새로운 디자인과 설치 기술을 연구하고

구매력을 가진 소비자 수를 추산하는
멀지 않는 현재의 일에 그는 매력을 느낀다

남한에서 살아남은 기업은
북한에서도 살아남는다는 신념을 가진 그,
턱없는 낙관이기는 해도
남한의 자본과 북한의 노동이 결합하면
야외 광고판을 수두룩하게 세울 수 있다는 그,

그런 말이야 맞는 말이지만
광고기획자 하종오 씨는 북한에 가볼 수 없어
언제나 남한의 기준으로 구상해볼 뿐이다
산기슭이나 벌판에서 산야초 뜯어먹는 북한인민들에게
야외 광고판이 먹히겠다고 판단하는 것이
난센스일지도 모른다고 그는 염려하면서도
남한에서 가능했으니 북한에서도 가능하다고 믿는다

—「광고 기획자 하종오 씨의 구상」 전문

위의 작품은 끔찍하게도 점차 현실화되어 가는 남한에 의한 북한의 흡수통일과 북한의 내부 식민지화 가능성을 정직하게 응시하고 있다. 남한의 "광고기확자 하종오 씨"에게 통일이란 아래로부터의 분단체제 극복이 아니라, 단지 "구매력을 가진 소비자 수를 추산하는" 새로운 '시장'의 발견으로 인식될 따름이다. 이는 곧 "남한의 자본과 북한의 노동이 결합"되어 새로운 이윤 창출의 구조를 형성하려는 "남한의 기준"에 의한 "멀지 않는 현재의 일"로 표현된다. 이는 온전한 의미에서의 분단극복, 즉 아래로부터의 남북한 지배체제의 지양이라는 기획의 지난함과, 남한 자본에 의한 북한의 흡수통일의 가시화라는 냉철한 현실을 직시한 결과이다. 이러한 인식은 다음과 같은 작품에서도 나타난다.

하종오 씨는 고교생 시절에
금강산 관광했다
모범학생 통일교육 행사였던가
지금 성인이 된 하종오 씨는
정확하게 기억하지 못한다
기슭에 나무들 푸르고 골짝에 물 흐르는
금강산과 개인적인 정서도 인연도 없는
하종오 씨가 고교생으로 다녀왔다곤 해도
산봉우리 쳐다보고 왔을 뿐이어서
북한에 대해 어떤 감정도 가질 수 없었다

하종오 씨는 직장인 시절에
개성공단에 체류했다
완제품 점검하는 담당이었던가
지금 실업자가 된 하종오 씨는
남다른 감회 없다
공장 새로 세워지고 도로 잘 닦인
개성공단과 개인적인 손익도 연고도 없는
하종오 씨가 직장인으로 다녀왔다곤 해도
회사에서 봉급 받고 근무하고 왔을 뿐이어서
북한에 대해 어떤 판단도 내릴 수 없었다

하종오 씨는 남한에 대해서도
여행하면서 어떤 감정 가진 적 없고
노동하면서 어떤 판단 내린 적 없다
이전이나 이후에 더 많은 시절 힘겹게 산 하종오 씨는

—「실업자 하종오 씨의 시절들」 전문

위의 작품에서 "실업자"인 시적 화자는 "금강산 관광"이나 "개성공단"과 같은 남한 자본에 의한 남북교류에 대해 "어떤 감정도 가질 수 없었다"고 진술한다. 왜냐하면 이는 각기 "모범학생 통일교육 행사"와 "회사에서 봉급 받고 근무"하는 형식의 '위로부터의' 남북교류에 지나지 않기 때문이다. 여기서 남북한 인민들 간의 생생한 충돌과 이로부터 생성되는 연대의 가능성은 애초부터 봉쇄되어 있다. 게다가 남북관계와는 무관하게 시적 화자는 "이전이나 이후에 더 많은 시절 힘겹게 산" 인물일 따름이다. 온전한 의미의 탈분단이 남북한 지배권력의 기묘한 적대적 공생관계를 극복하며 남북한 인민의 삶을 고양시키는 것이라면, 적어도 현재 남한 자본의 주도하에 진행되는 남북교류란 이와는 거리가 먼, 어디까지나 위로부터의 통일 담론의 확산에 멈출 뿐이다. 여기에 정작 남북한 인민의 구체적인 삶에 대한 논의는 배제되어 있다. 과거 통일 담론이 강력한 저항 담론으로 기능한 것에 반해, 현재 남북한 지배권력의 '야합'에 의한 그것은 또 다른 지배 이데올로기로 전화될 가능성마저 지니고 있다. 이와 같은 냉혹한 현실을 회피하는 대신 직시함으로써, 하종오는 우리 시대, 온전한 의미의 탈분단의 문제설정을 복원하려는 시적 사유의 단초를 제시하는데 성공하고 있다.

5. 주변부 인민들의 연대와 2000년대 저항시의 어법

그렇다면 우리 시는 무엇을 할 것인가? 남한 자본에 의한 흡수통일이 가시화되고 있는 지금, 아래로부터의 남북한 인민 간의 연대를 통한 탈분단의 가능성은 어디서 찾을 수 있는가? 바꾸어 말하자면 전지구적 자본주의 시대 탈분단시의 가능성은 과연 존재할 수 있는 것인가? 이에 대한 진지한 탐색의 일단을 다음과 같은 시에서 찾을 수 있다.

> 지방 소도시 임대아파트단지 공원 정자에
> 북한에서 탈출한 여인들이 모여앉아 웅얼거리면
> 베트남에서 시집온 여인들이 모여앉아 재잘거리면
> 서로 못 본 척했다
>
> 북한 출신 여인들은 겨울이면 바람 속에서
> 베트남 출신 여인들은 여름이면 햇볕 아래서
> 은근히 고향집을 그리워한다는 걸
> 서로 말하지 않아도 알았다
>
> 북한 출신 여인들과 베트남 출신 여인들은
> 꽃들 수런거리는 소리와 잎들 부스럭거리는 소리를
> 잘 들을 줄 아는 귀를 가졌는지
> 봄가을엔 집집마다 창문을 열고 멀리 내다보았다
>
> 지난날 공산주의 국가에서 살았던 점이 같고
> 지금 한국에서 지방 소도시 임대아파트단지에서 사는 처지가 같아도
> 북한 출신 여인들과 베트남 출신 여인들은 마주치면 살짝 웃을 뿐

한데 어울리다가 남한 여인과 다른 티를 보이고 싶진 않았다

—「춘하추동」 전문

"북한에서 탈출한 여인들"과 "베트남에서 시집온 여인들"은 전자는 분단체제의 경화로 인해, 후자는 전지구적 자본주의화에 의해 "지방 소도시 임대아파트단지"로 추방된 존재이다. 이들은 이런 맥락에서 주변부 인민들의 표상으로 기능한다. 이들은 바로 주변부 인민이라는 공통성을 통해 "서로 말하지 않아도" "은근히 고향집을 그리워한다는 걸" 아는 공통감각을 획득한다. 이 공통감각은 나아가 "꽃들 수런거리는 소리와 잎들 부스럭거리는 소리"로 표상되는 입이 없는 존재들의 소리를 귀 기울여 듣는 것으로 확장되며, "남한 여인"이라는 주류적 존재들과는 달리 "마주치면 살짝 웃"는 것만으로 서로의 존재를 확인하는 역능으로 진화한다. 이들의 뚜렷한 발화가 아닌, "웅얼거"림과 "재잘거"림의 형식은, 주변부 인민간의 연대를 추동하는 힘이라는 점에서 주목된다.

북한에서 탈출한 최귀림 씨와
베트남에서 시집 온 메이 씨와
필리핀에서 취업 온 글로리아 씨와
연변에서 친척 방문했다 주저앉은 김화자 씨가
지방 소도시에서 만난 지 일 년이 지났다

네 여자가 각기 다른 나라에서 한국으로 건너와
한동네 지하 봉재공장에서 봉재공이 되었으니
겉으로는 보통 인연이 아니라고들 하면서도
속으로는 팔자 사나운 여자들로 여겼다

말이 공장이지, 네 여자가 전 직원인 봉재공장에서
야근도 같이하는 여주인도 빚 때문에
앞날이 보이지 않기는 피차 마찬가지,
남한과 북한이 사이좋지 못하면 경기 더 나빠져
주문량이 줄어들곤 해서 봉급 제때 주지도 못했다

최귀림 씨가 향수병에 시달리는 날이면
메이 씨가 입덧하는 날이면
글로리아 씨가 생리통 앓는 날이면
김화자 씨가 갱년기 장애로 힘겨워하는 날이면
여주인이 스트레스 받는 날이면
그런 날엔 그런 여자 혼자 쉬게 하고
다섯 사람 작업량을 네 여자가 나누어 처리하고도
정시에 퇴근하였다

—「여인 천하」 전문

"북한에서 탈출한 최귀림 씨", "베트남에서 시집 온 메이 씨", "필리핀에서 취업 온 글로리아 씨", "연변에서 친척 방문했다 주저앉은 김화자 씨"는 모두 전지구적 자본주의 체제에서 소외된 주변부 인민이라는 공통점을 지닌다. 이들은 전지구적 자본주의 체제의 구축 과정에서 이주노동자로 전락한 인물들이거나, 혹은 분단체제의 경화 과정에서 탈북한 인민들이다. 이러한 처지는 비단 이들 뿐만이 아니라 "빚 때문에/ 앞날이 보이지 않"아 "야근도 같이하는 여주인"도 마찬가지이다. 게다가 이들은 "남한과 북한이 사이좋지 못하면 경기 더 나빠져/ 주문량이 줄어들곤 해서 봉급 제때" 받지도 못하는 존재들이다. 결국 이들은 전지구적 자본주의 시대 분단체제에 의해 억압된 주변부 인민들의 표상에 다름 아니다.

그렇다면 이러한 비루한 현실을 극복할 힘은 어디서부터 생성 가능한가? 이는 다름아닌 이들간의 소박한 '연대'로부터 가능하다. 주변부 인민들의 삶이 고달플 때, "그런 날엔 그런 여자 혼자 쉬게 하고/ 다섯 사람 작업량을 네 여자가 나누어 처리하고도/ 정시에 퇴근하"는 이들의 역능으로부터, 비로소 위로부터의 세계화와 분단체제의 경화를 넘어서는 코뮌의 가능성이 도출된다. 그리고 이는 「춘하추동」에서 나타난 명징한 지배담화가 아닌 "웅얼거"림과 "재잘거"림이라는 새로운 발화 형식이 구체적인 연대의 장면으로 표출되는 '사건'의 기록이라는 점에서 그 의미가 더욱 클 것이다.

6. 전지구적 자본주의 시대 탈분단시의 가능성

일국 단위를 뛰어넘는 위로부터의 전지구적 자본주의 체제의 구축과 남북한 지배층에 의한 분단체제의 경화는, 전지구적 자본주의 시대에 맞는 새로운 탈분단시의 어법을 창출할 것을 요구하고 있다. 이는 일국적 단위에서 분단체제를 사유하는 것, 혹은 감상적 민족주의에 입각하여 분단극복의 의지를 표명하는 것 이상의 시적 사유가 필요함을 의미한다. 그러나 이러한 미학적 요구에도 불구하고, 아직까지 새로운 탈분단시의 어법에 대한 탐색은 절대적으로 부족한 것이 사실이다.

앞서 살펴본 것처럼 하종오는 한 편으로는 전지구적 자본주의 체제 속에서 주변부 인민의 삶에 천착하며, 다른 한 편으로는 분단체제의 경화 속에서 남북한 인민 간의 연대를 통한 탈분단의 가능성에 천착하고 있다. 이 두 축의 시적 사유가 변증되며, 비로소 그는 전지구적 자본주의 시대 탈분단시의 가능성의 일단을 추출하는데 성공하고 있다. 이는 탈북 인민과 이주노동자와 하층 여성과 제 3세계 인민 등 주변부 인민간의 연대의 어법으로 나타난다.

기실 어느 누구도 전지구적 자본주의 시대 탈분단시의 지향에 대해 자신있게 말할 수 없는 시대임은 분명한 사실이다. 그렇지만, 여전히 현실과의 마주침을 두려워하지 않는 시적 사유가 소중하다면, 아래로부터의 연대를 통한 새로운 어법의 모색이 우리 시의 핵심적인 과제라는 것 역시 분명한 사실이다. 새로운 시적 실험들은 난무하지만, 정작 이러한 실험들이 아래로부터의 연대의 언어를 창출하려는 자의식으로 발전하지 못하고 있는 것이 현재 우리 시의 현실이다. 이러한 현실에서 하종오의 시들은 우리에게 다시금 묻는다. 전지구적 자본주의 시대 탈분단시의 어법은 어떠해야 하는가? 답은 그 누구도 아닌, 문학과 현실간의 새로운 관계맺음을 고민하는 우리의 치열한 논의 속에서만 도출될 수 있을 것이다. 그리고 하종오의 시들은 이러한 논의를 추동하는 문학사적 사건으로 기억될 것이다. 여전히 우리 문학의 자리는 주변부 인민의 그것과 다르지 않기 때문이다.

사생아들의 유언

—이이체, 『죽은 눈을 위한 송가』

1.

이이체의 첫 시집은 간절하다. 이미 2008년 「나무 라디오」에서 보여준 침묵하는 절규의 기록들이 촘촘히 엮어져있기에 그러할 것이다. 그의 등단작이기도 한 「나무 라디오」에서 그는 자신의 시가 "당신의 절규하는 첫 발음"의 "소리를 채록하는 것"임을 밝힌 바 있다. 그런데 바로 "절규"의 기록이기에 그의 시는 온전한 형식이 아닌, "녹음하지 못한 울음들"의 형식을 지닌다. 바꾸어 말하자면, 이이체의 첫 시집을 관통하는 문제의식은, 곧 온전하게 말할 수 없는 존재들의 웅얼거리는 절규와 울음을 기록하려는 간절함이라고 할 수 있을 것이다.

기실 근대문학의 성립 이후 언제나 문학 텍스트의 발화 주체는 문화적 시민권을 획득한 존재들이었다. 공적 발화의 형식으로 문학 텍스트가 생산-유통되기 시작하면서, 그 발화에는 일정한 '조건'이 필수적인 자격으로 부과된다. 예컨대 적절한 상징과 비유의 사용, 내적 운율을 통한 시적 리듬의 구사, 투명하고 명징한 발화의 메시지 등이 그렇다. 이 과정에서 발화의 자격을 지니지 못한 존재들의 목소리는 비-문학적인 것으로 치부되었으며, 그 결과 시의 영역에서 추방되었다.

2000년대 이후 대두한 시적 주체에 대한 다양한 해체적 실험과 이에 대한 비평적 논의들이 의미를 지닌다면, 그것은 추상적 층위에서의 언어 실험과 주체에 대한 탐색의 성과 때문이 아니라, 오히려 기존에 절대적인 것으로 간주되어온 근대문학, 근대시 외부의 '비-문학적인 것'들에 대한 재인식 때문이 아닌가 싶다. 그렇다면 이를 굳이 '미래파'라는 좁은 미학적 틀로 가둘 필요가 없을 것이다. 예컨대 황병승의 퀴어적 목소리의 복권과 동일한 층위에서 송경동의 시민권을 박탈당한 이들의 목소리의 복권에 대해 논의할 필요가 있을 것이며, 나아가 서효인의 불량소년들의 목소리나 하종오의 이주노동자의 목소리에 대한 논의로까지 확장될 필요가 있을 것이다.

이러한 흐름 속에서 이이체의 첫 시집은 각별한 의미를 지닌다. 그는 보다 메타적인 층위에서 비-문학적인 것들의 목소리를 복원하고자 하는 시적 의지를 보여주기 때문이다. 이를 사생아들의 유언이라고 명명할 수도 있을 것이다. '사생아'들의 목소리이기에 시민권을 획득할 수 없으며, '유언'이기에 그 간절함은 더욱 증폭된다. 애초에 사생아들은 장자(長子)들의 언어 구조인 근대문학의 장(場)에 목소리를 남길 수 없었으며, 그럼에도 이를 기록하고자 하는 형식은 시적 기투를 담보로 한 '유언'일 수밖에 없다. 그러니 이이체의 첫 시집으로부터 간절함이 먼저 느껴지는 것은 필연적인 결과일는지도 모른다.

2.

이이체의 첫 시집에는 유독 사생아들의 목소리가 강하게 각인되어 있다. 그에게 가족이란 사후적인 방식으로 구성되는 것이다. 따라서 다음과 같은 진술이 가능하다. "피는 발굴하는 것이다"[9]. 따라서 사생아들에 대한 호명은 언제나 실패하기 마련이다. 그러니 다음과 같은 질문으로부터 이이체의 시가 시작된다고 할 수도 있겠다. "당신이 나를 부르는데 왜 내 이름이 아닌지 궁금해졌다"(「고아」).

가부장을 중심으로 위계서열화된 가족이란, 기실 "무너지지 않는 역할극"일 따름이다. 이 연극의 구도에 포획된 장자의 목소리란 결국 "책들도 흙들도 모르는 도덕"으로 수렴되며, 이는 발화해야 할 "대사를 잊"(「골방 연극」)는 상황으로 치닫는다. 이러한 장면은 곧 시적인 것의 부재를 은유한다. 장자의 발화는 하나의 "도덕"으로 수렴되며, 이는 대사의 부재로 나타나기 때문이다. 시적인 것이 부재하는 이 지점에서 바로 사생아들의 목소리가 시작된다. 그래서 다음과 같은 작품은 중요하다.

·

우리는 서로의 몽타주다
나는 세계를 지우는 일을 했고
너는 세계를 구성하는 구멍에 빠졌던 가난

의붓아들과 의붓딸의 만남

---

9 이이체, 「가족의 탄생」, 『죽은 눈을 위한 송가』, 문학과지성사, 2011. 앞으로 이 글에서 인용하는 이이체의 작품은 모두 이 책에 수록된 것이며, 앞으로 인용 시 괄호 안에 작품명만을 표기한다.

우리를 낳지 않은 우리의 부모들을 탈각했다
가진 적도 없던 것을 지키려고 애썼고
서로 악수하면서 서로의 손을 혼동해서 침묵했다
우리는 어디에도 보이지 않게 되었음에도
거울로 방을 가득 채웠으며
서로의 혈액형도 모른 채 피를 섞었다

나는 녹슨 문 앞에 앉아
고드름을 부러뜨리는 부랑아
너는 너에게도 어울리지 않아서
하염없이 누군가를 치환하지
우리가 살찌고 행복해서 질려버릴 때
잊을 수 있겠지만 잊지 않겠다는 주(呪)를
미신처럼 읊조릴 거야
내가 없었던 세상을 가장 근처에서 만지는 일
네가 없는 꿈을 꾼 적이 없다

우리는 유기되었다
세계와 거의 비슷해지는 중이다
없애러 간 곳에서 얻어서 돌아올 것임을 안다
갑자기 부끄러워져서 몸이 부풀어 오른다
예쁜 예감이 들었다
우리는 언제나 손을 잡고 있게 될 것이다

—「연인」 전문

"의붓아들과 의붓딸"간의 관계를 통해 비로소 사랑은 가능해진다. 이들의 사랑은 사생아들의 것이기에 "서로의 혈액형도 모른 채" 이루어진다. 이들은 "우리를 낳지 않은 우리의 부모들을 탈각했"기에 "없애러 간 곳에서 얻어서 돌아올" "예쁜 예감"을 꿈꿀 수 있다. 비록 이들은 장자의 언어로부터 "유기"되어 "어디에도 보이지 않게 되었"지만, 바로 그 때문에 서로 "언제나 손을 잡고 있게 될 것이다". 그리고 그 지점으로부터 사생아들의 목소리가 발화될 수 있을 것이다.

3.

문제는 사생아들은 장자와는 달리, 공식적인 발화의 시민권을 지니지 못한다는 사실이다. 우리는 이이체의 시를 통해 장자의 질서로부터 추방당한 사생아들의 목소리가 존재함을 인식할 수 있었으나, 이들의 목소리가 어떻게 복권 가능한가에 대해서는 아직 알지 못한다. 당연하게도 시민권이 박탈된 사생아들의 목소리는, 장자의 그것과는 상이한 형식만으로 발화 가능할 것이기 때문이다. 그것은 "수취인불명의 표류기"(「날짜변경선」)나, "벙어리들의 합창"(「빙하기」)과 같은 형식으로만 드러날 수 있을 따름이다. 그리고 이러한 형식은 종국에는 시민권을 담보로 한 유언의 형식으로 귀결된다. 예컨대 다음과 같은 형식이 이를 잘 보여준다.

> 몸에 당신의 일기를 베끼고 바다로 와서 지운다. 내 죽음으로 평생을 슬퍼할 사람이 한 명 필요하다. 당신은 말해진 적 없는 말. 모든 걸 씻고. 이렇게 당신이 바다에서 눈물을 흘릴 게, 눈물을. 바다의 푸른 계단이 차례로 무너져 내리고, 절벽에서 하얀 고통들이 비명을 지르며 부서진다. 거품들이 분말처럼 흩어지면 당신이 흘려둔 해식애로 세워지던 안개 도시. 파도는 내 몸에 맞다. 나쁜 말들뿐이다. 나는 아직 당신에게 내 얼굴의 절반을 보여주지 않았는데. 당신은 몇 개의 얼굴을

> 갖고 있는가. 나는 쓴다. 쓴다고 생각하지 않으면서 쓴다. 쓴다고 생각하기 위해 쓴다. 쓴다. 지운다. (「詩」, 전문)

사생아들의 목소리는 "절벽에서 하얀 고통들이 비명을 지르며 부서"지는 형식으로 기록된다. 이는 종이에 기록되는 것이 아니라, "몸"에 기록되는 것이다. 이 몸의 기록은 사생아들의 목소리를 담은 것이기에 온통 "나쁜 말들뿐이다". 그것마저도 "말해진 것 없는 말"이기에 한없이 부족할 따름이다. 결국 남는 것은 "쓴다고 생각하기 위해"서 쓰고 지우는 행위 자체일 뿐이다. 그리고 그것이 종국에는 "분말처럼 흩어"질 것임은 자명하다.

그럼에도 이이체는 이 "거품들"을 쓰기 위해 "내 죽음"을 담보로 맡긴다. 그는 이미 스스로 "말하지 못하는 것을 말했다"(「거짓말의 목소리」)라고 고백한 바 있다. 그리고 그는 장자들의 발화인 "말하는 것" 대신, 사생아들의 발화인 "입김으로 서로를/허옇게 데워주"(「복화술」)는 것을 택한 바 있다. 그의 유언 형식이 무게를 획득하는 것은 바로 이 때문이다. 우리는 아직까지도 가부장 앞에서 "참회하는 습관"으로부터 만들어진 "나직하게" 이루어지는 "기도"(「앙팡 테리블」) 밖의 목소리를 알지 못한다. 그러나 이로부터 벗어난 목소리는 이미 "비문(非文)"(「그림일기」)의 이름으로 귀환하고 있다.

4.

이이체의 시가 간절한 것은 그의 시적 발화의 주체가 근대문학으로부터 추방된 사생아들이기 때문이다. 이들은 발화의 시민권을 획득하지 못했기에 유언의 형식으로만 기록을 남길 수 있다. 이이체는 장자의 발화만이 가능한 근대문학의 구조란, 기실 "모든 뒷모습에서 바닥에 이르기까지/아무도 유서를 읽을 수 없"(「그림자 족보」)는 것임을 인식하고 있다. 따라서 그의 시는 곧 "유서처럼 오래도록 밀폐하고 간직할 음정(音程)들"일 것이며, 이이체는 곧 "뿌리로부터 시작된 소리들의 기록"을 담은 "마맛자국으로 가득한 바오밥나무의 몸뚱어리"(「나무 라디오 2」)일 것이다. 그리고 이러한 사생아들의 유언을 가능하게 하는 힘은, 바로 발화의 시민권을 박탈당한 이들의 사랑일 것이다. 말이 아닌 몸으로 구성되는 사랑에 대해, 그는 이미 이렇게 말하고 있지 않은가?

> 늪에 빠진 뼈들을 건져 연령을 헤아린다
> 장님은 장님을 볼 수 없으므로
> 손으로 서로의 뜬눈을 더듬는다
>
> —「그로테스크 키스–비선형적 접촉」 전문

사이에서 존재하기

— 이진희와 황인찬의 시

1.

오래된 아포리아가 존재한다. 최인훈의 급진적인 문제제기로부터 한국 문학에 구체화된 그 아포리아는, 거칠게 말해서 '광장'과 '밀실'의 구획을 넘어서는 문법에 대한 모색이라고 할 수 있다. 물론 그 이전, 일찍이 카프와 구인회로 표상되는 문학사적 흐름이 존재했으며, 이는 이후 참여문학과 순수문학의 흐름으로 계승되었다. 문제는 공적 주체의 영역인 '광장'과 사적 주체의 영역인 '밀실'로 문학의 공간적 상상력이 제한되면서, 그 '사이'에서 현현하는 시적 리얼리티에 대한 탐색이 충분히 전개되지 못했다는 사실이다.

그러나 소소한 삶의 리얼리티들은 광장과 밀실의 이분법적 대립 '너머'에 존재한다. 어떤 삶도 광장, 혹은 밀실에서만 존재할 수는 없다. 이 두 공간 사이에서의 진동을 통해, 비로소 구체적인 삶의 장면들이 연출된다. 한국 현대시사에서 유독 김수영이 중요한 위상을 지니는 것은 이 때문이다. 그는 광장과 밀실 '사이'에 존재하는 공간을 통해, 기우뚱한 시적 윤리를 모색할 수 있었다. 그러니까 김수영이 광장을 중시하는 문학적 경향과 밀실을 중시하는 문학적 경향에서 공히 고평되는 것은, 정확히 말해 이 이분법적 대립 구도 자체를 해체하는 발본적인 시적 사유의 일단을 보였기 때문인 셈이다.

1980년대 우리 시가 광장에 대한 강박으로부터 자유롭지 못했다면, 이후의 우리 시는 밀실에 대한 나르시시즘으로부터 자유롭지 못한 것으로 보인다. 특히 2000년대 이후 강력한 영향력을 행사하고 있는 해체주의적인 시적 실험들은, 종종 내면의 과잉과 자폐에의 탐닉으로 귀결되는 경향을 보인 것도 사실이다. 물론 광장에 대한 강박이 종종 내면에 대한 억압으로 현상했으며, 이것이 곧 개체의 리얼리티를 민족, 혹은 계급 등의 대문자 주체의 영역으로 환원시킨 것도 사실이다. 그러나 광장에서의 소통을 부정하는 밀실에서의 서정이란 곧 완결된 주체의 선험적인 절대화로 귀결되기 마련이며, 이러한 경향 역시 나르시스라는 또 다른 대문자 주체의 영역으로 개체의 리얼리티를 한정짓는 한계를 노정하고 있다.

결국 중요한 것은 광장과 밀실 중 하나를 선택하라는 이분법적 질문 자체를 거부하는 것이다. 이를 '사이'에서 존재하기라고 명명할 수도 있겠다. 우리의 삶의 근거는 바로 위태로운 '사이'의 공간이기 때문이며, 여기서 발현되는 시적 상상력으로부터 오래된 아포리아를 넘어서는 실험이 가능할 것이기 때문이다.

2.

이진희의 등단작을 '여기'와 '다른 곳'에 대한 인식의 발현으로 읽을 수도 있겠다. 등단작인 「청색 대문」의 기본 구도는 안과 밖, 낮과 밤의 대립이다. 낮의 시간 동안 "새와 꽃과 짐승의 냄새"로 충만하며, "광활한 초원" 같은 공간이었던 '안'의 공간은, 밤의 시간의 도래와 함께 "빗장 걸린" 채 "압정보다 날카로운 창문들이 반짝거"리는 '밖'의 공간으로 전락한다. 이로 인해 안온한 '안'의 공간은 새롭게 인식된다. 비록 다시 '안'의 공간으로 돌아갔으나, 이제 그 공간은 "이상하리만치/좁고 초라해져 있었"을 따름이다. 시적 주체는 여기와는 다른 공간을 경유함으로써, "내가 이전의 내가 아니게 되었습니다"라는 진술을 획득한다. 그러니 이 작품의 시적 리얼리티는 안과 밖, 낮과 밤의 '사이'에서 생성되는 것이기도 하다.

이러한 사이에서의 존재 형식은 「텅」에서도 나타난다. 분명 "명백한 내가 그 방 안에서/사방으로 뻗어나간 벽지의 똑같은 무늬를 세고" 있지만, 그 방안에 "나는 없"다. 그 방에 있는 것은 오직 "크지도 작지도 않은/그 방과 잘 어울리는 크기와 적당히 낡은 창"일 뿐이다. 그 방의 바깥에 존재하는 것 역시 내가 아니라 "당신의 손가락"이다. 그나마 "당신은 없고 당신의 무자비한 손가락만 거친 숨소리만"이 방의 바깥에 존재한다. 그러니 이 작품에서 '나'와 '당신'은 온전히 존재하지 않는 셈이다. 왜냐하면 나는 단단한 실재의 영역이 아니라, "이상하게 배열된 꿈"의 영역에 존재하기 때문이다. 이는 당신도 마찬가지인바, 당신 역시 "창문 밖"에 "손가락만 거친 숨소리만"으로 존재하기 때문이다. 그러니 이 작품의 제목처럼 '나'와 '당신'이 존재하는 곳은 '텅' 빈 공간일 따름이다. 그리고 이 텅 빈 공간이 방의 안과 밖의 구획을 넘는 어딘가의 '사이'임을 짐작할 수 있을 따름이다. 따라서 '당신'의 "창문을 막아둔 녹슨 철망을 벗기려"는 노력은 헛되다. 이미 창문 안쪽에는 내가 존재하지 않기 때문이며, 나와 마주치기 위해서는 의식과 무의식의 사이, 즉 "이상하게 배열된 꿈"의 영역을 탐색해야 하기 때문이다.

이러한 인식은 「메어리 셀레스테」에서 더욱 명확하게 나타난다. 우리가 존재한다고 생각하는 것들은 정작 "보았다고 증명할 수 없는 것"들이며 "있었다고 맹세할 수 없는 것"들이다. 버뮤다 삼각지대에서 순식간에 사라진 '메어리 셀레스테'가 그러하다. 따라서 다음과 같은 질문이 가능하다. "우리는 기호일까 유령일까". 사이의 현현이 「텅」에서 살펴본 것처럼 현실 법칙 너머의 영역에서 가능하다면, 단단한 시적 주체란 허상에 불과한 개념일 것이다. 오히려 특정한 사이를 만들어내는 사건을 통해 표출되는 "기호"야말로 이진희가 집요하게 탐색하는 시적 주체의 공간이다. 이 공간은 '나'와 '그'의 관계 맺음을 통해 변형되어 나타난다. 이 시가 '믿는다'와 '믿지 못한다'를 거쳐 '사랑하다'라는 소제목으로 구성된 것은 이 때문이다. '사이'를 생성하는 힘은 '사랑'이라는 관계이기 때문이며, 그 사이로부터 비로소 우리는 버뮤다 삼각지대에서 사라진 것들, 그 사이의 존재들을 "목숨 걸고 사랑"할 수 있기 때문이다.

그렇다면 문제는 '사랑'이라는 '사이'를 생성하는 힘이 어떻게 발현될 수 있는가에 대한 탐색이다. 「텅」에 나타난 것처럼 "침착하지만 배려가 없"는 "창문 밖"의 "손가락"으로는 사랑이 불가능하다. 사랑은 사이의 존재'들'간의 관계 맺음의 '과정'이기 때문에 주체의 일방적인 발화로 현현할 수 없다. 따라서 「설탕그릇」에서의 다음과 같은 진술을 타당하다. "그 어여쁜 설탕그릇을 깨트린 게/너는 나였다고 귓속말로 소문을 퍼트리고/

나는 너라고 기억하는데, 분명한 건/깨지던 소리". 사랑은 이렇게 나와 너에 의해 각기 다르게 구성된다. 단지 분명한 것은 사랑에는 "개미, 개미, 개미떼"가 "금 간 관계의 위태로운 바람벽에/새카맣게 줄 지어" 나타나기 마련이며, "쨍그랑!/소리가 이따금 고막을 찢는다는" 사실이다. 사랑이라는 정념은 많은 경우 나의 시선으로 너의 존재를 포획하는 형식으로 나타난다. 이것이 종국에는 나와는 다른 너의 시선을 배제한 결과라는 사실은, 위의 진술들을 통해 뒤늦게 증명된다. 따라서 중요한 것은 "어여쁜 설탕그릇"을 지키는 것이 아니라, 오히려 "깨진 유리와 설탕을 맨손으로 쓸어 모으"며 "쓸어 모아 죽은 개미와 함께/한 숟갈씩 삼키는 시간"을 지탱하는 것이다. 이 시간을 경유하면서 나는 "너에게서 멀리멀리 뒷걸음질"칠 수 있게 되며, 이렇게 너를 나와 분리하는 '사이'가 만들어지면서 비로소 "나는 그렇게 너를 이해하려고 애"쓰는 행위가 가능하다. 이 분리를 통해 만들어진 '사이'는 나의 시선으로 너를 포획하는 과잉된 정념이 아닌, 정념 이면에 놓인 비루한 것들을 읽어내는 사랑을 가능하게 만든다. 사이의 공간을 탐색하는 것은 이토록 아프다. 안과 밖 어디에도 존재하지 않는 나와 너를 현현하게 만드는 관계 맺음의 과정은 더욱 그렇다. 현실에서 외면하고 싶은 사랑의 이면을 직시하게 하는 힘을, 사이의 공간은 지니고 있기 때문이다.

3.

황인찬의 등단작을 '나'와 '백자'간의 대화로 요약할 수도 있겠다. 등단작인 「단 하나의 백자가 있는 방」에 등장하는 것은 오직 나와 백자뿐이다.

시적 화자인 '나'가 놓인 공간은 "조명도 없고, 울림도 없는/방"이며, 여기에는 "단 하나의 백자가 있다". 이 백자가 중요한 것은 그것이 오직 '단 하나의' 존재이기 때문이다. 같은 맥락에서 '나'의 질문은 "단 하나의 질문"이며, 내가 발견하는 계절은 "단 하나의 여름"으로 진술된다. 그런데 여기서 모순이 발생한다. '단 하나의' 것만이 존재하는 공간에서, 어떻게 나와 백자는 동시에 놓일수 있는가? 나와 백자가 함께 이 공간에서 '단 하나의 것'으로 존재할 수는 없지 않는가? '단 하나의 것'은 다른 부차적인 것들이 사라진 공간에만 나타날 수 있기 때문이다. 따라서 이 시가 종국에는 "여름이 지나가면서/나는 사라졌다"는 진술로 귀결되는 것은 필연적이다.

그러나 이 지점에서 황인찬의 시는 도약한다. 나의 사라짐은 "빛나는 것처럼 빛을 빨아들이는 것처럼" 완성된다. 빛나는 주체와 빛을 빨아들이는 주체는 누구인가? 시의 도입부의 진술에 의하면 이는 '백자'의 형상이다. 그러니, 정확히 말해 나는 사라지는 것이 아니라 백자와 합일되는 셈이다. 이로부터 유추해 본다면 '단 하나의 여름'과 '단 하나의 질문' 역시 백자로 수렴되었을 것이다. 따라서 '백자'는 단순한 도자기의 일종이 아니라 모든 '단 하나의' 것들을 수렴하는 텅 빈 기표로 독해될 수 있다. 그것은 텅 빈 존재이기 때문에, 현실의 영역에 존재할 수 없다. 따라서 백자는 "빛나는 것처럼" 존재하는 것이 아니라, "아니 빛을 빨아들이는 것처럼" 존재한다. 그렇다면 단 하나의 백자가 있는 '방'이란 텅 빈 공간의 다른 이름으로 독해될 수도 있겠다.

이 텅 빈 공간은 「낮은 목소리」에서 사이의 공간으로 진화한다. 시적 주체는 "성가대에 들어"가 "일요일 오후엔 찬양 연습"을 하지만, "하나님의 목소리"를 "끌어내리듯 부르지 말라는 말을" 듣는다. 왜냐하면 "하나님의 목소리"가 존재하는 공간은 "나무로 된 긴 의자와 거기 울리는 소리"가 존재하는 이곳과는 다르기 때문이다. 그리고 그 목소리는 인간이 "말을 익히기 전"에 존재하는 선험적인 절대자의 것이기 때문이다. 그러나 서정의 자리는 신성과 비속의 사이에 존재한다. 따라서 신성의 목소리와 비속의 목소리가 섞이는 순간, 비로소 "공간이 울고 있었다"는 진술이 가능해진다. 이는 "찬양"과 "기도"만으로 가능한 것이 아니다. 오히려 신성을 끊임없이 이곳에 "끌어내리"려는 시적 주체의 의지가 이를 가능하게 만든다. 그러니, 정작 신성이 깃드는 곳은 절대자의 공간이 아니라 "마음이 어려서 신을 믿지 못했다"는 시적 주체의 자기 진술의 자리이며, 이는 곧 신성과 비속의 사이이기도 할 것이다.

그런데 사이는 나의 외부에만 존재하는 것이 아니다. 나라는 시적 주체 역시 분열된 양상들의 겹침과 그 모순의 사이로 현현하는 우발적인 산물일 따름이다. 「개종 3」은 이와 같은 시적 주체 내부의 '사이'에 대한 탐색을 보여준다. 시적 주체는 "가위인가 하면 건물의 그림자였고 그림자인가 싶으면 또 실체가 있는 듯 보"이는 사물과 대면한다. 이 사물이 바로 "거울"이다. 당연하게도 거울과 대면한다는 것은 내가 볼 수 없는 투영된 나를 직시하는 과정이다. 따라서 거울에 비춰진 나의 모습은 의식의 층위에서 내가 인지한 그것과는 상이한 양상을 드러낸다. 그래서 그 모습은 "낯선 표정을 지으며", 나아가 "다시 보니 나의" 모습도 아닌 기괴한 형식으로 출현한다. 기실 시적 주체 자체가 분열된 수많은 나의 양상들 중 특정한 것들이 재배열되어 표출되는 것이기에, 그 현현의 장소는 거울 외부의 현실과 거울 내부의 환영 '사이'에 존재한다. 의식과 무의식, 이성과 욕망의 경계의 틈새, 그 사이에서 현현하는 시적 주체는, 따라서 명징한 얼굴의 형식이 아니라 "어렴풋하게 윤곽을 드러"낼 따름이다.

이러한 사이에서 생성되는 시적 주체에 대한 인식은 「물의 에튜드」에서 보다 구체적으로 표출된다. 먼저 에튜드가 습작, 혹은 연습곡을 의미한다는 점을 상기하자. 사이의 감각은 선험적으로 주어진 악보가 아닌, 우발적인 노래를 통해 발현된다. 따라서 "뭐라고 말을 하는 것 같은데 잘 알진 못하겠다"는 진술은 자연스럽다. 그 말 자체가 명징하고 투명한 영역이 아닌 사이의 영역에서 돌출하는 것이기 때문이다. 이 시에서 유독 불투명한 진술이 종종 등장하는 것은 이 때문이다. 사이의 공간이란 "이해할 수 없는 일이 너무 많"은 곳이며, 그곳에서의 발화란 "이건 또 누구의 중얼거림일까" 알 수 없는 것이기 때문이다. 그리고 사이에서 존재하는 시적 주체는, 이러한 에튜드의 과정을 경유하면서 비로소 형성되는 것이기도 하다.

4.

나는 서정의 자리는 대문자 미학에 의해 선험적으로 규정된 곳이 아니라, 경계들의 틈새, 바로 그 작은 '사이'의 공간을 통해 우발적으로 형성되는 것이라고 생각한다. 그리고 좋은 시인이란, 바로 그 사이에서 존재하기를 두려워하지 않는 불온함을 지녀야 한다고 생각한다.

그러나 사이에서 존재하기란 말처럼 쉬운 일은 아닐 것이다. 광장, 혹은 밀실 중 하나를 선택하는 것은 상대적으로 쉬운 일이다. 광장에서는 명징하게 빛나는 이성과 공동체적 가치가 서정의 가야할 길을 환하게 비추어 주며, 밀실에서는 은밀하고도 달콤한 내면의 욕망이 독백의 방향을 미리 제시하고 있다. 이런 대문자 미학의 규범을 거부한 채, 끼어있는 사이의 공간을 시적 주체의 자리로 삼는 것은, 곧 단단한 '나'의 존재 근거 자체를 부정하는 일이기에 결코 손쉬운 일이 아니다.

그럼에도 여전히 광장과 밀실의 이분법적 구도를 공전하는 우리 시에서, 사이에서 존재하기를 두려워하지 않는 시적 징후들은 이토록 소중하다. 그것이 아직 뚜렷한 '사이'에 대한 인식론으로 나아가지 못했다고 하더라도 말이다. 왜냐하면 사이에서 존재하기란, 결국 "보았다고 증명할 수 없는 것/있었다고 맹세할 수 없는 것들을/목숨 걸고 사랑"(이진희, 「메어리 셀레스테」) 하는 행위이며, "뭐라고 말을 하는 것 같은데 잘 알진 못하겠"음을 인식하면서도 "이건 또 누구의 중얼거림일까"(황인찬, 「물의 에튜드」)라고 끊임없이 질문하는 행위에 다름 아니기 때문이다. 그리고 이 과정을 경유하지 않은 채 진행되는 광장과 밀실의 언어는, 종국에는 서정을 자신의 테두리에 가두는 폭력으로 귀결될 것이기 때문이다.

찾아보기

인명 색인

« ㅅ

« ㅇ

« ㅈ

« ㅊ

« ㅎ

찾아보기

작품(집) 색인

« ㅋ

« ㅌ

« ㅍ

장성규 張成奎

1978년 서울에서 태어났다. 성균관대 인문학부와 서울대 대학원 국문학과를 졸업했다. 2007년『경향신문』신춘문예에 당선되어 문학평론가로 활동하기 시작했다. 가톨릭대, 경기대, 경희대, 광운대, 성공회대, 중앙대 등에서 문학과 글쓰기를 가르쳐왔으며, 한국연구재단의 지원을 받아 성균관대 국문과에서 박사후 국내연수 과정을 거쳐 현재 서울대학교 기초교육원 강의조교수로 재직 중이다. 평론집으로『사막에서 리얼리즘』이 있으며 현재 계간『실천문학』편집위원으로 있다.

신성한 잉여

인쇄 · 2014년 10월 21일 | 발행 · 2014년 10월 27일

지은이 · 장성규
펴낸이 · 한봉숙
펴낸곳 · 푸른사상사
주간 · 맹문재 | 편집 · 김선도

등록 · 1999년 7월 8일 제2-2876호
주소 · 서울시 중구 충무로 29(초동) 아시아미디어타워 502호
대표전화 · 02) 2268-8706(7) | 팩시밀리 · 02) 2268-8708
이메일 · prun21c@hanmail.net
홈페이지 · http://www.prun21c.com

ISBN 979-11-308-0295-4 93810
값 18,000원

이 도서의 국립중앙도서관 출판시도서목록(CIP)은 서지정보유통지원시스템 홈페이지(http://seoji.nl.go.kr)와 국가자료공동목록시스템(http://www.nl.go.kr/kolisnet)에서 이용하실 수 있습니다. (CIP제어번호 : CIP2014030254)

신성한 잉여

장성규